BABEL / SINDBAD

Roman de Baïbars

Les Enfances de Baïbars, n° 327.
Fleur des Truands, n° 328.
Les Bas-Fonds du Caire, n° 329.
La Chevauchée des fils d'Ismaïl, n° 330.

Jacques Berque, *Les Arabes* suivi de *Andalousies*, n° 250.
Hanan El-Cheikh, *Histoire de Zahra*, n° 378.
Mohammed Dib, *Au café*, n° 210.
Mohammed Dib, *Le Talisman*, n° 256.
Edouard Al-Kharrat, *Alexandrie, terre de safran*, n° 291.
Naguib Mahfouz, *Le Voleur et les Chiens*, n° 209.
Naguib Mahfouz, *Récits de notre quartier*, n° 374.
Tayeb Salih, *Saison de la migration vers le Nord*, n° 230.

SINDBAD
est dirigé par Farouk Mardam-Bey

MATIN DE ROSES

DU MÊME AUTEUR

Passage des miracles, Sindbad, 1970 ; 10-18, 2000.
Impasse des deux palais, Lattès, 1987 ; LGF, 1989.
Le Palais du désir, Lattès, 1987 ; LGF, 1990.
Récits de notre quartier, Sindbad, 1989 ; Babel, 1999.
Le Jour de l'assassinat du leader, Sindbad, 1989.
La Chanson des gueux, Denoël, 1989 ; Folio, 1992.
Dérives sur le Nil, Denoël, 1989 ; Folio, 1991.
Le Jardin du passé, Lattès, 1989 ; LGF, 1991.
Miramar, Denoël, 1990 ; Folio, 1993.
Les Fils de la médina, Sindbad, 1991.
Mahfouz par Mahfouz, Entretiens avec Gamal al-Ghitany, Sindbad, 1991.
Chimères, Denoël, 1992 ; Folio, 1994.
Le Voleur et les Chiens, Sindbad, 1988 ; Babel, 1996.
Vienne la nuit, Denoël, Alif, 1996.
Le Voyageur à la mallette, Aube, 1996.
Mon Egypte, Dialogues avec Mohamed Salmawy, Lattès, 1996.
Le Mendiant, Sindbad-Actes Sud, 1997.
L'Amour au pied des pyramides, Sindbad-Actes Sud, 1997.
Les Mille et Une Nuits, Sindbad-Actes Sud, 1997.
La Quête, Denoël, 1997 ; 1999.
La Malédiction de Râ, Archipel, 1998 ; Libra diffusion, 1999.
Akhenaton le renégat, Denoël, 1998 ; Folio, 2000.
Le Cortège des vivants (Khan al-Khalili), Sindbad-Actes Sud, 1999.
Le Monde de Dieu, Sindbad-Actes Sud, 2000.
La Belle du Caire, Denoël, 2000.

Titre original :
Sabâh al-ward
Editeur original : Maktabat Misr, Le Caire
Publié avec l'accord de The American University in Cairo Press

ISBN 2-7427-3111-3

Illustration de couverture :
Le Caire, une rue dans le quartier Darb al-Ahmar

NAGUIB MAHFOUZ

MATIN DE ROSES

nouvelles traduites de l'arabe (Egypte)
par Elizabeth Chehata

BABEL

OUMM AHMAD

Si je fais appel à mes souvenirs, je ne trouve que des images éparses qui ne veulent rien dire. Une belle qui se montre à une haute fenêtre, trois autres qui débouchent ensemble d'une voûte, une calèche qui se balance sur la place tel un palanquin sous le poids d'une femme. Ne reste de la vie foisonnante d'antan dans le vieux quartier que les souvenirs d'enfance : des paysages flous, des voix qui ne sont plus, une tendresse infinie et un cœur qui bat chaque fois que viennent le remuer les parfums des souvenirs. Tout cela était voué à disparaître dans les ténèbres du passé – même l'amour n'aurait pu le sauver de l'oubli –, n'avait été Oumm Ahmad, au souvenir impérissable. Elle allait, le visage découvert, forte, brune, arrogante, drapée dans sa *mélâya**, la voix rude et puissante. Ses sandales claquaient et sa langue ne connaissait ni le repos ni la gêne. Sa maison était située juste à côté de la loggia de Bayt al-Qâdî**. On y accédait par un passage étroit,

* Grande étoffe épaisse et noire, dans laquelle s'enveloppent les femmes des milieux populaires. *(Toutes les notes sont de la traductrice.)*

** Hôtel du Juge, résidence historique de la fin de l'époque mamelouke (1496).

pentu et poussiéreux. Près de la maison gisait une vieille charrette abandonnée, en piteux état. Quelquefois, en ce lieu, un âne mangeait du foin dans un sac à picotin attaché à son cou par une courroie. J'avais coutume d'aller vers la demeure d'Oumm Ahmad, attiré par la charrette et avec l'espoir tenace de rencontrer l'âne paisible et doux. Là-bas, je la voyais cuisiner, donner à manger aux poules ou bien s'amuser à quelque chamaillerie verbale passagère. Dans sa tendre jeunesse, que je ne connus pas, elle avait été la femme d'un maître charretier.

Il fut le père de ses quatre premiers enfants : Ahmad, Zeinab, Sayyeda et Saneyya. Peut-être m'était-il arrivé de l'apercevoir une fois ou l'autre, avec son fils, parmi les choses qui ondoyaient sur la place de Bayt al-Qâdî. Cependant, j'appris plus tard que le maître charretier avait été tué au cours d'une rixe dans la Cité des Mamelouks et que son fils Ahmad était mort en prison.

Je n'ai jamais vu Oumm Ahmad affligée, même quand Zeinab rejoignit son père et son frère à la suite d'une maladie qui l'emporta à un âge plutôt avancé. Non, je ne me souviens pas de l'avoir vue pleurer ni se lamenter ni pour ainsi dire désespérée. Je ne me la rappelle que solide, gaillarde, aimant rire, toute à ses occupations quotidiennes et aux projets qu'elle échafaudait pour l'avenir.

Je me rappelle ce que disait ma mère à son propos : "Sans cette force extraordinaire, les malheurs l'auraient anéantie." Je ne me rendis vraiment compte du sens de ces paroles que plus tard. J'appris qu'Oumm Ahmad que je connaissais était le fruit ultime d'un long combat contre la souffrance dont elle était sortie victorieuse.

Dès qu'elle s'était retrouvée seule, elle s'était battue avec un tel acharnement qu'elle réussit à se faire cette situation tant convoitée sur la place et dans les ruelles avoisinantes. Ainsi devint-elle, sans conteste, une célébrité locale. Elle était à la fois la marieuse, la coiffeuse, la spécialiste des soins de beauté et du bonheur conjugal. Elle avait ses entrées dans tous les palais et les maisons bourgeoises du quartier. Elle assumait les fonctions de journaliste de presse et de radio, et d'agent de renseignements. Alors sa situation matérielle s'améliora.

Son acharnement fut récompensé par la construction d'une maison de deux étages, à proximité de Gamaleyya. Elle put envoyer à l'école Sayyeda, qui devint institutrice. Quant à sa dernière fille – ce qu'elle avait fait de plus beau –, elle fut aimée du fils de la famille qui habitait le premier étage de sa maison. Il l'épousa et devint plus tard un personnage important dans le domaine de l'éducation en Egypte.

Ce qui est certain, c'est qu'Oumm Ahmad me charma par la magie des histoires qu'elle racontait sur les voisins, surtout ceux appartenant à la classe supérieure, histoires dont personne ne pouvait garantir l'authenticité, mais elles étaient toujours croustillantes parce qu'elles tournaient autour de ces distingués messieurs.

Après notre déménagement à Al-Abbasseyya, Oumm Ahmad continua à nous rendre visite car les gens des palais nous avaient devancés à l'est de ce quartier. Ainsi son champ d'action se déplaça d'Al-Hussein vers Al-Abbasseyya, où elle exerça, par la suite, ses multiples talents. Vieille, elle continua ses activités, même après avoir effectué le pèlerinage et être devenue la *hagga** Oumm Ahmad. Impotente et presque aveugle, elle dut rester chez elle. Elle ne se déplaçait plus beaucoup avant de quitter ce monde, vers la fin des années quatre-vingt. Je ne prétends pas qu'elle m'apprit grand-chose de ces messieurs et dames qui habitaient dans les palais de notre ruelle. Il se pourrait même qu'elle n'ait jamais eu l'occasion de les connaître vraiment, mais il ne fait pas de doute qu'elle s'intéressa à beaucoup de choses, et en particulier à des affaires en rapport avec sa profession.

Quoi qu'il en soit, elle eut connaissance de certains faits concernant ces familles et leur destinée, faits qui peuvent être considérés, dans leur ensemble, comme un patrimoine qui vient s'ajouter aux expériences que chacun a vécues avec son âme et ses sens.

Bien qu'Oumm Ahmad fût connue pour son caractère de bohémienne, elle gagna mon admiration à cause de sa force de caractère, de sa volonté, de son courage, de son intelligence et parce qu'elle s'était taillé, dans un monde aussi dur que la pierre, une place remarquable parmi les femmes les plus émancipées de son époque.

Je n'oublierai pas non plus le spectacle d'Oumm Ahmad debout sur une charrette au milieu de ses voisines, haranguant la foule de sa voix puissante, au cours d'une manifestation nationaliste, en faveur de Saad** et de l'Egypte.

* Ou *hajja*. Titre donné à une femme ayant accompli le pèlerinage à La Mecque.
** Il s'agit de Saad Zaghloul (1860-1927), avocat et homme politique célèbre. Il dirigea le parti Wafd et lutta pour l'indépendance de l'Egypte.

La ruelle Qormoz était bordée de hauts murs de pierres dont les portes gardaient les secrets ; à ceux qui jetaient un regard à l'intérieur, derrière les portes, se dévoilait soit un îlot habité par des miséreux et des mendiants, rassemblés dans une cour intérieure et vaquant à leurs besognes quotidiennes, soit, au contraire, un paradis constitué d'un jardin, d'un *salamlek** et d'un *haramlek***. Quelquefois, un visage lumineux, tel un astre, apparaissait à une petite fenêtre située juste au-dessus de la voûte. Je l'apercevais de la fenêtre de ma petite maison qui donnait sur la ruelle. Malgré mon jeune âge, j'étais fou d'amour, envoûté par sa beauté. Il m'arrivait d'entendre, quand la ruelle était déserte, sa voix mélodieuse qui échangeait des salutations avec ma mère. Peut-être est-ce cette voix qui a éveillé en moi l'amour de la musique.

Fatma al-Omari, rêve inconnu de mon enfance, rendez-vous de ma fenêtre. Si un jour elle n'apparaissait pas, j'étais en proie à une souffrance un peu prématurée pour mon âge. Chaque fois qu'elle s'absentait, je jetais à ma mère un regard de reproche, comme si elle en était responsable. Elle riait alors longuement et racontait mon jeune amour à Oumm Ahmad qui saisissait la nouvelle au vol pour l'annoncer à Fatma et nous revenait avec un billet doux disant qu'il me fallait persévérer et qu'elle attendrait l'heureux prétendant, quand bien même elle devrait attendre longtemps. Puis elle ajoutait :

— Mais tu es également amoureux de sa mère ? Raconte-nous un peu ton histoire !

* Pièce de réception, réservée aux hommes.

** Partie de la maison réservée aux femmes.

Sa mère ? Je la voyais quelquefois dans une calèche brinquebalante qui traversait la place. De son visage caché par un voile blanc, on n'apercevait que ses beaux yeux. Son corps magnifique occupait de toute sa plénitude la banquette. Oumm Ahmad riait, puis disait à ma mère :

— Zeinab *hânem** m'a dit qu'elle l'avait surpris (elle pointait son doigt vers moi) à lorgner entre ses cuisses écartées, si bien qu'elle avait dû, alors, les rapprocher. Tu trouves ça bien ?

Qui étaient donc ces gens qui n'étaient pas comme les autres ? Omari – toujours sur la foi d'Oumm Ahmad – était un homme très puissant. Il possédait une fabrique et un commerce de cuivre à Sâliheyya. Sa famille était originaire de Jérusalem ; c'était l'arrière-grand-père qui avait émigré en Egypte pour y investir son argent, et y créer une fabrique sur un terrain vague, situé en face de la colline.

Le jour où les charrettes transportèrent les machines, de la gare du Caire à la fabrique, la population se rassembla pour les voir et rendre hommage au Seigneur tout-puissant. Depuis lors, pas une fille ne se marie sans acheter son cuivre au magasin d'Omari. Et tout le mérite en revient à Hussein bey al-Omari, le mari de Zeinab *hânem*. L'homme fit construire son palais dans la rue Qormoz où naquirent la belle Fatma et trois garçons.

Zeinab *hânem* et ma mère échangeaient des visites. La *hânem* venait seule, sans Fatma, et ma mère y allait sans moi, malgré mes suppliques. Autant les yeux de Zeinab *hânem* me plaisaient, autant sa forte corpulence me faisait peur.

* Madame ou la dame.

Chose étrange, la ruelle formait une seule famille, sans distinction de classes. S'il n'était pas question, bien sûr, de se rendre visite entre gens de la ruelle et gens du palais, ces derniers, toutefois, pendant le ramadan et les jours de fête, ouvraient leurs portes aux gens de la ruelle qui s'asseyaient dans le jardin, prenaient leur part de viande et de gâteaux et écoutaient psalmodier le Coran par de grands récitateurs.

Oumm Ahmad révéla une partie du rôle qu'elle avait joué dans le palais des Omari. Elle raconta que, grâce à elle, la vie conjugale s'était stabilisée entre Hussein bey et Zeinab *hânem*. Grâce à ses étonnantes recettes, la femme s'était épanouie jusqu'à ressembler au palanquin du sultan. Elle dit en riant :

— Aujourd'hui, elle donne à son mari des coups, de sa main et du bâton !

Devant la stupéfaction de ma mère, Oumm Ahmad rectifia :

— Des coups de tendresse et d'amour…

Cela ne ressemblait pas aux coups que nous connaissions ! Quel genre de coups était-ce ?

— Et cette chair blanche aux tendres replis où la main s'enfonce, elle est le fruit de mes recettes !

Un jour, Zeinab *hânem* ordonna au cocher de la calèche de s'arrêter devant moi, alors que je jouais sur la place. Elle avança sa main délicate, le bras chargé de bracelets en or, pour m'offrir un morceau de loukoum à la crème. Je le pris avec joie, recevant à l'instant même où je le goûtai un délicieux et pénétrant parfum, comme s'il avait été le concentré d'un jardin de fleurs. Combien ai-je été charmé par les visites de ces dames et combien ai-je apprécié leurs gentils et savoureux cadeaux !

— J'aurais aimé faire rapidement grossir Fatma, mais sa mère a remis cela pour après le mariage…

Ma mère se demandait ce qui retardait le mariage de la belle, bien qu'elle eût atteint ses quinze ans. Oumm Ahmad lui répondit :

— Hussein bey insiste pour ne pas la marier avant l'âge de dix-huit ans.

— Mais c'est un âge avancé, Oumm Ahmad !

— Hussein bey a aussi son mot à dire. Cependant, elle a le choix entre deux prétendants : l'un est juge d'instruction et l'autre médecin.

J'eus le sentiment qu'un jour Fatma s'en irait loin, comme mes sœurs et mes frères, et qu'il ne resterait d'elle, dans mes rêves, qu'un agréable parfum. Même la petite enfance n'échappe pas aux regrets des belles choses qu'on a aimées et qui sont vouées à la disparition et à la mort.

La révolution de 1919 nous surprit alors que nous jouissions d'une tranquillité proche de l'engourdissement. Je fus réveillé soudain par des cris et des coups de feu et je vis à l'œuvre la multitude des gens obscurs. Même Oumm Ahmad, je la surpris qui criait des slogans, juchée sur la charrette. Elle nous rendit visite quelques jours plus tard, pour nous demander si on l'avait aperçue. Elle se pavanait, chantant la dignité et la victoire : "Dieu nous aidera à vaincre les Anglais, et Saad sera libéré."

C'est elle qui nous annonça plus tard l'arrestation de Hussein bey al-Omari et sa comparution devant le tribunal militaire anglais. Mais il fut relâché, parmi d'autres, après la libération de Saad. Il retourna alors, en héros, à la ruelle Qormoz. On recouvrit le sol de sacs à picotin, et dans le ciel claquaient des banderoles et des étendards. Les femmes poussaient des youyous derrière les moucharabiehs. Les miséreux criaient de joie, même ceux qui avaient perdu un fils. Oumm Ahmad vit son vœu se réaliser. Elle dansa devant la porte du palais en chantant *Sâlma yâ salâma**. Même le commissaire de police de Gamaleyya vint féliciter le héros, car tout le monde croyait que sa libération n'était qu'un prélude à l'indépendance totale.

Peu de temps après, la femme nous rapporta, fâcheuse nouvelle, que les Omari avaient pris la décision de déménager à Al-Abbasseyya où ils avaient acheté un terrain pour y faire construire un grand palais. Ma mère se demanda si réellement ils auraient le courage de quitter cette ruelle qui avait été à l'origine de leur bonheur et de leur prospérité. Oumm Ahmad répondit alors, avec conviction :

— Dans un an ou deux, tu ne trouveras plus, dans cette ruelle, une seule famille de notables…

Dieu, quel présage… ! Qu'adviendrait-il de la ruelle si toutes ses lumières venaient à s'éteindre ?

— Le monde change vite. Les quartiers à l'européenne sont très à la mode aujourd'hui. Al-Abbasseyya est très étendu et il y a de la place pour les familles modestes comme vous.

— Et on s'éloignerait d'Al-Hussein ?

* Titre d'une chanson célèbre.

— Sawâres* t'y conduira en une demi-heure.

Avec le temps, ce qu'Oumm Ahmad avait prédit se réalisa. Les notables se déplacèrent vers l'est d'Al-Abbasseyya. Ils y firent construire leurs imposantes citadelles. Les familles "sans histoires" de la classe moyenne se déplacèrent vers l'ouest d'Al-Abbasseyya. Certains habitèrent alors de petites maisons et d'autres ce qu'il était en leur pouvoir d'acheter. Cependant, les vieilles attaches qui unissaient les deux classes se relâchèrent et finirent par se rompre. Ainsi chaque groupe social s'affaira dans son nouvel environnement. C'était comme si la rue Al-Abbasseyya qui les séparait était devenue une barrière qu'on ne franchissait qu'en cas de malheur ou peut-être jamais. Nous devînmes étrangers ou comme des étrangers, et, avec le temps, ennemis ou presque. Avec le temps aussi, des idées nouvelles consacrèrent l'inimitié et la rupture. Même l'appartenance à un seul parti ne réussit pas à combler le fossé. Je pris l'habitude de me rendre à l'est d'Al-Abbasseyya et de me promener, surtout les soirs d'été, dans ses larges avenues et ses places élégantes. Je laissais mon regard errer sur les palais majestueux et les jardins luxuriants. Alors, quelquefois, je me souvenais de l'ancien voisinage, chaleureux et loyal, qui s'était volatilisé. Je me souvenais des beaux visages qui m'avaient précocement appris l'amour. Où étais-tu maintenant, Fatma ? Le temps avait-il fait de toi une nouvelle Zeinab *hânem* ? Oumm Ahmad nous donna, au moment voulu, des nouvelles. Elle était restée le seul lien

* Ancêtre du tramway égyptien. Le mot *sawâres* est une déformation de Suarès, nom de l'industriel qui a été à l'origine des transports en commun au Caire.

entre les deux classes sociales, maintenant éloignées. Elle nous parla longuement de l'accroissement de la fortune de Hussein bey, surtout après la guerre, de son association avec ses trois fils dans la fabrique et au magasin, et de leur alliance réussie avec des familles de la classe des pachas. Quant à Fatma, elle avait épousé le juge d'instruction. Je constatai que j'avais totalement oublié son visage. Ne restait dans mon imagination que le parfum d'une beauté abstraite et l'écho d'une voix mélodieuse. Nous apprîmes également que Zeinab *hânem* souffrait de diabète et que son état avait empiré, incapable qu'elle était de résister à l'attrait des friandises. La *hânem* finit par perdre la vue dans les années cinquante. Puis elle mourut la première semaine de la révolution de Juillet.

A vrai dire, la révolution ne fit aucun tort aux Omari. Peut-être Hussein bey avait-il eu l'heur d'abandonner la politique après la séparation des saadistes* du Wafd**. Cependant, il éprouva, comme les gens de sa classe, une peur tenace et le sentiment que le monde les avait abandonnés.

Les propos d'Oumm Ahmad sur les notables étaient toujours empreints de tendresse, bien qu'elle fût favorable à la révolution et à son chef. Elle aima cette révolution, comme autrefois celle de 1919. Cependant, son amour pour ses anciens clients ne faiblit jamais. C'est elle qui nous dit un jour, avec une émotion évidente :

— Avez-vous entendu parler de ce qui est arrivé au mari de Fatma *hânem* al-Omari ?

* Du nom de Saad Zaghloul.

** "Délégation", parti nationaliste égyptien créé en 1918 par Saad Zaghloul.

— Ah… la belle Fatma, qu'est-il donc arrivé à son mari ?

— Le conseiller est parti pour un petit voyage en Suisse où il a rencontré un de ses amis d'enfance qui avait fui Nasser et ne cessait de l'attaquer. De retour en Egypte, le conseiller a été convoqué pour être interrogé sur ses rencontres avec son vieil ami. A la suite de quoi, on a perdu sa trace.

— Peut-être est-il toujours détenu ?

— Non. On a dit à sa famille que son interrogatoire n'avait duré qu'une heure, puis qu'il avait été relâché.

— Peut-être a-t-il eu un accident sur la route ?

— Est-il difficile d'obtenir des renseignements sur un conseiller aussi important ? Un silence, puis Oumm Ahmad reprit : Fatma *hânem* assure qu'ils l'ont tué et enterré dans un quelconque terrain vague et que l'affaire a été classée…

Aujourd'hui, après la mort d'Oumm Ahmad, dans les années quatre-vingt, je ne sais plus rien des Omari. Peut-être qu'il m'importe peu d'en savoir quelque chose. Mais j'ai lu cette année dans *Al-Ahrâm** la notice nécrologique de la belle Fatma. La nouvelle a provoqué en moi une certaine tristesse, mais une tristesse d'un genre particulier, qui n'est pas celle que l'on éprouve à la mort de membres de la famille, de connaissances ou d'amis. C'est une tristesse qui ressemble à un rituel que l'on accomplit dans le sanctuaire de l'existence à propos de tout ou de rien. J'ai lu, par la suite, dans un magazine féminin, une belle élégie en son honneur, la décrivant comme l'une des pionnières de l'aide à l'enfance, cette aide qu'elle m'avait

* Grand quotidien cairote.

prodiguée instinctivement et qui m'a marqué avec bonheur, jusqu'au plus profond de mon cœur.

Les Saâda, après les Omari, scintillent dans les limbes du passé heureux. Telle une citadelle, leur demeure s'élevait derrière l'antique voûte. Là se dressait une haute muraille, construite avec de grosses pierres de taille. L'entrée de leur demeure donnait sur une ruelle latérale. J'avais coutume de voir les Saâda déboucher de la voûte et se diriger vers la place de Bayt al-Qâdî.

La peau claire de leur visage trahissait leurs origines circassiennes. Voici Abdel Hamid bey Saâda, le chef de la famille : il était grand de taille, mince, avait le teint clair couperosé, les yeux bleus et le nez aquilin. La tête ceinte d'un turban blanc, il se pavanait dans un costume à l'européenne, en s'appuyant sur une canne noire à pommeau doré, le regard dur, l'attitude hautaine. Il regardait droit devant lui, ne prêtant aucune attention à ce qui l'entourait. Là où il passait, il semait la peur. Alors, le respect le devançait, mais la haine le suivait. Voici son fils aîné, Fâdel Saâda : il illuminait le quartier par son brio, l'enchantait par sa beauté et l'élégance de ses vêtements de luxe. Voici enfin les trois filles, entre l'enfance et l'adolescence, belles, séduisantes, enchanteresses ; elles marchaient du même pas jusqu'à la place pour acheter du chocolat et de la crème glacée. Elles y allaient, comme elles en revenaient, sans chaperon, faisant fi des coutumes des grandes familles et de la moyenne bourgeoisie. Leur beauté intercédait en leur faveur auprès de l'opinion publique, hostile aux Saâda à cause de leur orgueil et de leur existence recluse.

Quant à la maîtresse de maison, on ne la voyait jamais, ni en voiture ni à pied. Elle était toujours retranchée dans sa citadelle, derrière les murs et les rideaux. Combien mes yeux avaient-ils été éblouis par les trois belles, surtout par la benjamine, et combien avais-je rêvé de jouer avec elles sous la voûte ou sur la terrasse ! Hélas ! Elles disparaissaient aussi vite que les rêves, mais restaient dans nos cœurs, grâce à l'imagination…

Les Saâda étaient l'exemple même de rentiers qui n'avaient pas besoin de travailler, comptant sur les *waqf** pour vivre. Le père passait son temps entre le club Al-Masri et les grands cafés du centre-ville. Fâdel se contenta d'obtenir le certificat d'études. Personne ne doutait de la grande fortune de la famille, à part Oumm Ahmad qui répétait souvent : "Ce sont des gens de noble origine, mais leur richesse est beaucoup moins importante qu'on ne le croit…"

L'existence recluse de la mère n'était pas uniquement due aux mœurs de la famille ou à son orgueil : elle était la conséquence d'un profond chagrin.

— D'un chagrin ? s'étonna ma mère.

— L'homme a toujours été coureur de jupons ! répondit Oumm Ahmad. De plus, il a des goûts de cochon, ce qui ne correspond pas à son apparence. Il court après les bonnes et les prostituées, alors que sa femme, d'une merveilleuse beauté, descend d'une grande famille.

— Et tes remèdes éprouvés, Oumm Ahmad ?

— Ils ont empêché le divorce, mais n'ont rien pu contre l'accomplissement du destin. Soltâna

* Biens de mainmorte.

hânem a tenté d'abord de rester svelte, ensuite je l'ai tellement gavée qu'elle a dépassé Zeinab *hânem* en embonpoint. Mais ce qui est écrit est écrit.

Elle réfléchit un moment, puis continua :

— Cependant, elle s'est vengée de l'homme sans qu'il s'en aperçoive. Elle l'a trompé, lui rendant la monnaie de sa pièce.

— Mais elle ne quitte jamais sa citadelle !

Oumm Ahmad s'esclaffa :

— Il n'est pas difficile au laitier de se déguiser en femme et de se glisser dans le harem...

Oumm Ahmad se vantait d'être la seule dans le quartier à saluer Abdel Hamid bey Saâda, qui lui répondait, sans marque d'impatience : "Comment ça va, Oumm Ahmad ?"

Peut-être cette famille fut-elle la seule à avoir assisté, de loin, en spectatrice, à la révolution de 1919.

Quelques mois après le début de la révolution, Abdel Hamid bey décéda. Personne, excepté quelques proches et notre cheikh, ne suivit le cortège funèbre du défunt. Pas un homme, pas une femme de notre ruelle ne présenta ses condoléances. J'aperçus à une fenêtre les trois filles qui pleuraient, alors je fondis en larmes et suivis les rares personnes qui accompagnèrent le cortège funèbre jusqu'à la mosquée d'Al-Hussein. Rien, autant que les funérailles, n'exaltait mon imagination et mes pensées. Quand j'eus l'occasion d'assister aux funérailles de jeunes gens tombés en martyrs au début de la révolution, je pris au pied de la lettre la litanie connue : "Un tel est vivant, il n'est pas mort." Je m'attendais à le voir travailler et marcher comme il le faisait autrefois. C'est en vain que je me suis interrogé sur ce phénomène. Quoi qu'il en soit, Fâdel remplaça son père. Il ne tarda pas à émigrer à Al-Abbasseyya. Mais on entendit dire que la famille n'avait acheté qu'une modeste maison à Ghamra et qu'elle n'avait pas fait construire une autre citadelle à l'est d'Al-Abbasseyya. Il nous apparut alors qu'Oumm Ahmad disait la vérité sur l'importance de leur fortune. La ruelle se transplanta à Al-Abbasseyya où elle vécut, alors, en petits îlots indépendants.

Sans Oumm Ahmad, on n'aurait pas appris le mariage de Fâdel avec la fille du secrétaire général du ministère de l'Intérieur. Ce dernier avait bien voulu de lui comme gendre après avoir refusé la main de sa fille à un médecin d'origine paysanne.

La fille aînée épousa un riche joaillier du quartier des orfèvres, la cadette, un juge d'instruction, et la benjamine, celle que je chérissais le plus, tomba amoureuse d'un petit fonctionnaire et insista pour l'épouser malgré l'opposition de sa mère, de son frère et du reste de la famille. Ils habitèrent à Bayn al-Ganâyen, à quelques pas de chez nous. Elle était la seule que je rencontrais dans la rue et avec laquelle j'échangeais un regard rapide, mais chargé de souvenirs... J'eus l'occasion de voir son bel aîné jouant dans la rue ou dans les jardins qui entouraient le quartier et qui y répandaient leurs parfums. Bien sûr, je ne pouvais imaginer l'avenir exaltant qui l'attendait au tournant de l'Histoire. Quand elle éclata, la révolution de Juillet passa paisiblement à côté des Saâda, et quand le *waqf* fut libéré, ils purent jouir de leurs biens. J'appris que le petit dernier, le fils de la jolie benjamine, faisait partie des Officiers libres*, et

* Groupement d'officiers autour de Nasser, qui mena le coup d'Etat de juillet 1952.

même des favoris. On lui confia un poste dans les services de renseignements où il se fit rapidement un nom. Il acquit une réputation terrifiante, digne du diable ! Je comparai alors les histoires vraies ou imaginaires qu'on racontait sur lui au souvenir de sa paisible enfance. Je m'interrogeai et m'étonnai. Quand je demandai à Oumm Ahmad son avis sur la question, elle éclata de son rire magnifique :

— On a raison de dire que les Turcs ont un grain de folie…

Après la révolution, la famille déménagea de Bayn al-Ganâyen à Al-Maâdi. Je ne vis plus personne de ses membres. Toutefois, Oumm Ahmad nous raconta que le père avait quitté son poste de fonctionnaire pour travailler dans une société privée et que les Saâda s'acheminaient vers la puissance et le prestige à la vitesse d'un train express. De toute façon, les Saâda avaient fini par se rallier au nationalisme égyptien et même au nationalisme révolutionnaire…

A cinquante mètres à gauche de la citadelle des Saâda, s'élevait le palais des Bannân. Tous les jours, je voyais Ali bey al-Bannân dans son fiacre, avec son petit garçon Mohammad – mon ami et mon camarade – et la dame du palais, Fardôs *hânem*. Ma mère la chérissait et elle était très proche de son cœur.

Grand de taille et très brun de peau, Ali bey avait belle allure, coiffé de son turban blanc et vêtu de sa *gabbah**. Tous les matins, le fiacre le transportait du palais au moulin, à Margoch.

* Robe d'homme.

Des riches de la ruelle, il était le plus pieux, le plus charitable avec les pauvres et n'était pas avare de ses sourires. Chaque semaine, dans son palais, se tenait un *zikr** auquel assistait un groupe de gens de la confrérie châdhilite. Oumm Ahmad disait, en parlant de lui :

— Ali bey est riche, mais seul Dieu est vraiment riche.

Puis, revenant sur sa vie, elle ajoutait à voix basse :

— Son père était un marchand ambulant de café ; ensuite, il a ouvert une échoppe à Khoronfech. Quand la guerre a éclaté, Dieu a ordonné son enrichissement et nul ne peut se soustraire à Sa volonté. Lorsque son père est mort, *Sî*** Ali a créé le moulin, fait construire le palais et épousé Fardôs *hânem*, la fille du plus grand confiseur du quartier. Il eut des filles belles comme des astres. Puis Dieu lui vint en aide et il eut, à un âge avancé, un fils, Mohammad.

Dans notre quartier, les gens ne font pas de différence entre un riche et un pauvre. Ils reconnaissent les bienfaits de Dieu et ne renient pas leurs origines. Alors, laisse l'exemple des Saâda ; ils sont fous, de la lignée des fous.

Le petit Mohammad était mon compagnon de jeux sur la place et nous cueillions ensemble "la barbe du pacha" sur le tronc des dattiers. Nous entrâmes ensemble à l'école coranique. Mohammad y resta deux ans de plus que moi, puis il arrêta ses études et travailla, sous la férule de son père, dans le moulin et dans le magasin.

* Littéralement "commémoration par la mention du nom de Dieu".

** Abréviation de "monsieur".

Il commença à travailler dès l'âge de dix ans car Ali bey avait décidé de faire de lui un homme avant l'âge. Il l'habilla de la *gabbah* et le coiffa du turban ; il le traita avec un sérieux qui dépassait ce que son jeune âge pouvait endurer. J'allais à Margoch chaque fois que j'en avais l'occasion, pour regarder, de loin, mon ami à l'ouvrage. Alors nous échangions des sourires en cachette, loin des regards de son père. Quand il avait fini son travail, il mettait sa *gallabeyya** et se hâtait vers moi, sur la place, où nous jouions à des jeux d'enfants.

Lorsque la révolution de 1919 éclata, Ali bey y prit part avec son argent, son cœur et son éloquence. Il fut interné le même jour que Hussein bey al-Omari. Mais il continua, par la suite, ses activités politiques et fut élu membre de la première Chambre des députés après la révolution. Il conserva son siège au Parlement du Wafd jusqu'à la révolution de Juillet. Par la suite, la famille s'installa dans un nouveau palais, à l'est d'Al-Abbasseyya. L'homme maria son fils Mohammad à l'âge de quinze ans. Sâleh Abdel Hayy** et Bamba Kachchar*** animèrent son mariage.

Nos relations avec les Bannân ne furent pas rompues aussi vite qu'elles le furent avec les autres familles. Mais elles furent rompues quand même. Il semble que l'esprit d'amitié et de solidarité, régnant dans notre ruelle, tende à disparaître dans les quartiers plus étendus. Seule demeure la tradition, personnifiée par Oumm

* Robe longue d'homme ou de femme. Sorte de djellaba, sans capuchon.

** Chanteur (1896-1962).

*** Célèbre almée du début du siècle.

Ahmad, de rendre des services et de raconter des histoires car elle ne peut être arrachée du cœur des gens, quelle que soit la classe à laquelle ils appartiennent. Cette tradition se régénère aux sources de l'amour, du sexe et des rêves de gloire.

C'est Oumm Ahmad qui nous a informés, au fil des jours, du mariage des filles Bannân : l'une avait pris un avocat, la deuxième un ingénieur agricole et la troisième un sous-secrétaire d'Etat. Saad Zaghloul avait assisté au mariage de la première, et Moustafa al-Nahhâs*, à celui des deux autres.

Cependant, des changements survinrent dans les relations sociales, les courants de pensée et les mentalités. Les antagonismes entre générations étaient à leur paroxysme quand la révolution de Juillet éclata et qu'elle fut confrontée à des contradictions nouvelles, avant d'être elle-même submergée par une révolution populaire subversive.

Ali bey al-Bannân servit de cible au mouvement révolutionnaire. Il fut expulsé de son palais et jeté en prison, sans savoir pourquoi. Puis ses biens furent mis sous séquestre. Alors tomba sur la famille un voile noir de tristesse et d'affliction. Une artère éclata dans la tête d'Ali bey et il quitta ce monde en invoquant l'aide de Dieu contre les hommes et contre leur méchanceté, tandis que son fils Mohammad s'installait dans une peur permanente. Oumm Ahmad s'imaginait que tous ces événements étaient orchestrés par les hommes de Nasser, à son insu. Elle soupirait en murmurant : "Pauvre

* Homme politique (1876-1965), successeur de Saad Zaghloul à la tête du Wafd.

Ali bey, grand homme ! Où sont partis tes jours heureux... ?"

Un an après la mort de son mari, Fardôs *hânem* le rejoignit. Mohammad al-Bannân retrouva toute sa vigueur sous le président Sadate. L'*Infitâh** lui donna un coup de main. Il récupéra ce qu'il avait perdu, doubla sa fortune, et son nom fut souvent cité dans les journaux de l'opposition comme l'un des prédateurs de l'*Infitâh*. Ah ! la vie et l'ironie de ses prodiges... !

Les Mardânî étaient la quatrième famille de notables de notre quartier. Leur palais s'élevait à l'autre bout, donnant sur Bayn al-Qasrayn. Oumm Ahmad jurait avoir vu le grand-père Mardânî marcher pieds nus dans la ruelle : "Mais c'est la chance, quoi, la débrouillardise et la guerre !"

En tout cas, Abbâs bey al-Mardânî devint l'un des plus importants grossistes en épices. C'est lui qui fit édifier le palais qu'Oumm Ahmad considérait comme le plus beau et le plus luxueux de Qormoz.

— Quant à sa femme, Farha *hânem*, elle est de souche mamelouke. Elle est belle, mais seul notre seigneur Mohammad est vraiment beau...

Et ma mère de répondre :

— Elle est belle, oui, mais prétentieuse !

— L'argent coule à flots, ma chère !

— Sont-ils plus riches que les Bannân ?

— Abbâs bey al-Mardânî est l'homme le plus riche du quartier.

* "Ouverture" économique sous le président Sadate, un des mots d'ordre de sa politique.

Elle se tut un moment, puis poursuivit :

— Il n'a eu que deux garçons, puis la *hânem* a cessé d'enfanter à cause d'une maladie qui a laissé perplexes les médecins.

— Et toi, Oumm Ahmad, qu'as-tu fait ?

— J'ai fait de mon mieux, mais la volonté de Dieu est au-dessus de toute volonté.

Abbâs bey avait une tête énorme, des traits épais et son embonpoint dépassait les bornes. Mais il était généreux et charitable, et il aimait les bons mots. Le *salamlek* de son palais accueillait les humoristes et les chanteurs, professionnels ou simples amateurs. En 1919, il mit sa fortune au service de la révolution. Mais il n'était pas prêt à participer aux affaires publiques comme l'avaient fait Hussein bey al-Omari et Ali bey al-Bannân. La révolution envahit son palais sans qu'il s'en aperçût et lui arracha son fils aîné, Mahmoud, étudiant à la faculté des hautes études agricoles, qui fut tué lors d'une manifestation. Oumm Ahmad dit :

— Il ne lui reste plus que Châker. Beaucoup lui conseillent d'épouser une autre femme…

— Pauvre Farha *hânem* !

— Son chagrin est immense. Dieu lui donne la patience…

Abbâs bey al-Mardânî s'installa à l'est d'Al-Abbasseyya. Il fut le dernier notable à quitter la ruelle. Parce qu'il était très amoureux de la *hânem*, sa femme, il rejeta toute idée de mariage avec une autre. Il fut le premier notable à acquérir une voiture automobile, une Fiat. En ces temps-là, quand elle passait en trombe dans la rue Al-Abbasseyya, sa magie et le vrombissement de son moteur troublaient le calme régnant et excitaient l'imagination. La vie d'Abbâs bey se termina tragiquement dans les années trente, alors qu'il était en très bonne santé et plein de vigueur. Il s'apprêtait à entrer chez Cicurel*, quand l'atteignit une balle perdue, lors d'une bagarre entre Grecs. Cette tragédie eut un grand retentissement. Devenu avocat, son fils Châker bey liquida le commerce de son père. Oumm Ahmad nous informa qu'il avait épousé une fille d'une grande beauté, apparentée au sultan Abdul Hamid.

Châker bey avait adhéré au Wafd. Son dynamisme s'illustra dans le journalisme et la vie parlementaire. Mais il se rallia aux saadistes, lors de la scission, et fut nommé par deux fois ministre. Déporté à plusieurs reprises après la révolution de Juillet, ses biens furent mis sous séquestre et il erra alors comme un fou. Oumm Ahmad éprouvait de la compassion pour son sort, celui de sa famille et de sa mère. Mais j'eus connaissance, par des journalistes, de certains faits qu'Oumm Ahmad ne pouvait pas connaître. On raconte – mais Allah est le mieux informé – qu'il fut un indic à la solde des services des renseignements. On raconte encore, et cela ne fait aucun doute, qu'il se fit maquereau pour certains Arabes. Il amassa ainsi une grande fortune dont il se servit, sous l'*Infitâh*, comme tremplin pour se constituer un empire. Aujourd'hui, son trait dominant est la piété, comme s'il voulait faire amende honorable.

Après une longue absence, j'eus l'idée, un jour, de rendre visite à Oumm Ahmad. Je la trouvai dans sa maison, en compagnie de sa fille retraitée de l'enseignement public. Elle était

* Grand magasin du Caire.

devenue aveugle et ne pouvait plus se déplacer. Quand elle me reconnut, elle me serra chaleureusement dans ses bras. Je m'assis sur une chaise près de son lit. Sa langue était peut-être le seul organe qui avait conservé toute sa vigueur. Nous partîmes à la quête de nos souvenirs et tournâmes les pages du passé lointain et proche. Nous errâmes ensemble dans un monde peuplé de morts. Combien de gens étaient partis ! C'était comme si les visages n'avaient jamais resplendi de tout leur éclat, comme si les gorges n'avaient jamais vibré de rires. Voilà la conteuse d'histoires, le médecin de l'amour, du sexe et du bonheur, allongée sur un vieux lit, et devenue un fardeau quotidien pour la personne la plus proche à son cœur. Que valent les histoires, Oumm Ahmad, puisqu'elles ne font que se répéter, d'une manière ou d'une autre ?

Je parcourus alors la ruelle d'un bout à l'autre et m'enfonçai dans les parfums surannés. Je vis la citadelle des Saâda fermée, abandonnée comme une maison hantée. Quant aux autres palais, l'un était devenu une école, l'autre un hôpital, le troisième un local du parti national. Du passé jaillissent des voix, des couleurs et des battements de cœur. Je leur dis que cette ruelle nous a réunis un jour, puis que le temps nous a séparés. Alors, à bientôt, dans la dernière demeure…

MATIN DE ROSES

De l'ancienne rue Al-Radwân, il ne reste qu'un simple tracé entre les rues Al-Abbasseyya et Bayn al-Ganâyen. Elle a aussi conservé son inclinaison naturelle d'est en ouest. Cependant, à la place des maisons, s'élèvent des immeubles. Les champs et les jardins ne sont plus que des terrains vagues où l'on vend de la ferraille et des carcasses de voitures. Beaucoup de nouveaux locataires ont remplacé les habitants d'autrefois qui se sont dispersés dans les quartiers environnants ou ont trouvé refuge sous terre. La rue se blottissait dans la quiétude ambiante, longeait avec plaisir champs et jardins, se grisait d'une intimité quotidienne avec les arbustes à henné, les jasmins, les figuiers, les jardins potagers, le murmure des norias et s'enorgueillissait de ses coquettes maisons flanquées, à l'arrière, de petits jardins. L'hiver, d'épais nuages gris plombaient le ciel, assombrissant les visages, et, à la moindre averse, l'eau ruisselait sur sa pente, s'accumulait dans la rue Bayn al-Ganâyen et formait une sorte de torrent écumant. L'été, un soleil de plomb l'écrasait, et, des robinets extérieurs, partaient des tuyaux qui arrosaient la terre pour apaiser son ardente chaleur. Quiconque venait des vieux quartiers populaires regardait autour de lui avec étonnement et plaisir. Il ne trouvait qu'un seul qualificatif pour décrire la rue, les maisons et les gens : c'était une rue européenne, des maisons européennes et des gens européanisés. Il ne leur manquait plus que de porter le chapeau et de parler une langue étrangère. Parfois on pouvait voir un chapeau sur une tête dont les cheveux étaient coupés à la garçonne, ou entendre des bribes de français, car les jeunes de la rue disaient "je t'aime, donne-moi un baiser" en français, bien avant de l'apprendre à l'école.

Nous nous installâmes, mon père, ma mère et moi-même, dans une des maisons, dans la partie qui donnait sur les champs. Quant à mes frères et sœurs, ils s'étaient définitivement installés dans leur domicile conjugal respectif. A cette époque, le passage d'Al-Gamaleyya à Al-Abbasseyya était considéré comme un bond du Moyen Age à l'époque moderne. La ruelle et les impasses, avec leur parfum ambré, leurs réverbères à gaz, leurs charrettes, leurs *mélâya*, *gabbah*, cafetans et turbans, disparaissaient. Al-Radwân, lieu de rencontre de la campagne et de la ville, nous accueillit alors, avec son modernisme agressif, nous offrant l'eau, l'électricité, un système de tout-à-l'égout. Bien vite le pyjama remplaça la *gallabeyya*, le ballon, la *sîga** et la course derrière l'arroseuse municipale. J'eus la chance d'entrevoir des jambes et des gorges et que s'éveille, au rythme de leur balancement, mon adolescence.

Nous étions les premiers, de la petite bourgeoisie, à quitter Al-Gamaleyya, à la suite des notables qui nous avaient devancés à l'est d'Al-Abbasseyya pour y construire leurs citadelles et y planter leurs jardins. Mes parents n'étaient

* Sorte de jeu de morpion, que l'on joue avec des cailloux dans la rue.

plus très jeunes depuis une vingtaine d'années. En vérité, la joie qu'ils éprouvaient devant cette nouvelle vie était altérée par la tristesse et la nostalgie. Ils ne parvenaient pas à se libérer de l'emprise que leur vieux quartier avait sur leur cœur. Aussi mon père continuait-il à le fréquenter, avec ses gens et ses cafés, et ma mère à rendre régulièrement visite à Al-Hussein et aux voisins d'autrefois. Parfois, elle le reprochait à mon père : "Pourquoi avons-nous quitté notre vieille maison ?"

Pour ma part, j'étais partagé entre le nouveau quartier, avec mes amis qui y vivaient, ses lieux de rencontre et son modernisme, et le vieux quartier où, chaque fois que l'occasion se présentait, j'entraînais mes nouveaux amis qui découvrirent, grâce à moi, un monde étrange qu'ils aimèrent et visitèrent souvent en touristes. Quoi qu'il en soit, je ne parlerai pas davantage de ma maison. J'y reviendrai en temps voulu, si Dieu le permet. Pour l'instant, je me contenterai d'être l'interprète de la rue Al-Radwân et de rapporter ses histoires. C'est elle qui porta les maisons sur ses flancs ; sur son macadam, les jeunes gens se rencontrèrent et lièrent de longues amitiés ; de là, des héros partirent et revinrent ; de ses flancs, les nouvelles s'envolèrent et se répandirent. Et si n'était vraie que la moitié de ces histoires, cela suffirait, d'autant plus que le temps les avait purifiées de toute imperfection et les avait confirmées par des preuves. Finalement, ce qu'il faut retenir, c'est ce que l'on entend, non ce qui a eu lieu. Car il arrive souvent que le mensonge soit plus vrai que la réalité. Alors, écoute la rue Al-Radwân et ne sois pas de ceux qui doutent.

Leur maison se dressait au bout de la rue, du côté de Bayn al-Ganâyen qui donnait sur les champs. Avec son architecture élégante et son jardin à l'arrière, elle ressemblait à la majorité des maisons. Cependant, de par sa situation, elle donnait à la fois sur les champs et sur les rues Bayn al-Ganâyen et Al-Radwân. Elle se distinguait aussi par la qualité de son mobilier et par le fait qu'on y employait, outre une femme de ménage, un cuisinier, ce qui était assez exceptionnel. La famille se composait de Gamâl bey Ismaïl – et je ne sais si son titre est authentique ou non –, fonctionnaire au ministère des *waqf*, de son épouse, Karima *hânem*, et de trois beaux enfants, Madiha, Samia et Osmân.

Cette famille nous a profondément marqués. Le père, de taille moyenne et ventru, portait une épaisse moustache et avait une allure imposante. Ses chaussures et sa canne étaient bien astiquées. Nous arrêtions nos jeux, quand il passait, et recevions, en silence et avec soumission, son regard courroucé. Il nous criait souvent : "Au lieu de jouer et de nous embêter, vous feriez mieux d'aller vous «culturer» !"

Il prononçait "culturer" au lieu de "cultiver", ce qui nous faisait rire aux larmes après son passage, et l'un de nous disait : "Ce n'est qu'un mulet de luxe !"

Karima *hânem*, fière de sa beauté, se pavanait, dans sa corpulence, tel un palanquin. Quant à Madiha et Samia, le voile laissait transparaître leur fraîche beauté. Qu'elles étaient belles ! Osmân aussi, leur frère, se distinguait par sa grâce, mais sa délicatesse toute féminine lui attirait des commentaires railleurs et acerbes. Il dédaignait notre amitié parce qu'il y avait entre nous une légère différence d'âge. Que de fois il passa près de nous sans même nous regarder !

Au sein des familles, Karima *hânem* avait la réputation d'être une personne légère. Elle jouissait de beaucoup de liberté, accompagnait son époux au théâtre et au cinéma. Elle racontait par la suite aux femmes les pièces musicales de Mounira al-Mahdeyya*. Souvent ma mère disait, en parlant d'elle : "C'est une femme gaie, très drôle et ses anecdotes sont inépuisables..."

Nous voyions souvent Madiha et Samia à leur retour de l'école Saint-Joseph d'Al-Abbasseyya Est. Nous savions également qu'Osmân allait au collège des Frères. Dans notre bande, certains critiquaient le comportement de la famille et son style de vie : "Gamâl bey est un lion avec nous, mais un agneau avec sa femme. Il accepte même qu'elle l'accompagne au cinéma et au théâtre !"

Nos opinions divergeaient concernant les écoles étrangères où il envoyait ses enfants. Certains voyaient là un manque de patriotisme, d'autres chantaient les louanges de l'enseignement dispensé dans ces écoles. Nous étions tous, à des degrés divers, jaloux d'eux, et les enviions parce qu'ils parlaient couramment le français.

Bref, la famille était à la fois l'objet de notre admiration et de notre indignation. C'est pourquoi nous fîmes bon accueil aux calomnies la concernant. Comme il habitait près des Ismaïl, notre ami Abdel Khâleq fut peut-être le premier à répandre ces rumeurs. Alors que nous étions

* Chanteuse célèbre de l'Egypte des années vingt.

rassemblés en haut de la rue, au croisement de celle-ci avec la rue Al-Abbasseyya, il nous dit :

— Madiha, la fille de Gamâl bey, a pris la fuite !

Bouleversés, nous le regardâmes avec stupeur :

— Impossible !

— C'est ce qui est arrivé ! Elle est partie avec un jeune avocat !

La nouvelle nous transporta dans le monde des *Mille et Une Nuits*. Abdel Khâleq poursuivit :

— Mais il l'a épousée !

— Ce n'est plus une nouvelle, mais une énigme.

— Je n'ajoute rien à ce que j'ai entendu.

La famille resta telle qu'elle avait toujours été. Le père continua à être aussi imposant, la mère aussi séduisante, Osmân aussi élégant et étrange. Cependant, la rue recueillait des détails et des secrets au sujet de la famille. On racontait que nombreux étaient ceux qui s'étaient présentés pour demander la fille en mariage, mais que tous furent éconduits. Nul ne trouvait grâce aux yeux de Gamâl bey… Le premier était pauvre, le second pas assez diplômé, le troisième n'était pas issu d'une famille "comme il faut", le quatrième avait des mœurs inavouables. Si bien que la belle Madiha perdit tout espoir par la faute de son père, et, dès que son cœur s'éprit du jeune avocat, les amoureux décidèrent de s'enfuir et de se marier.

Il n'y eut pas de cérémonie de fiançailles, ni de mariage. Pas d'alliance ni de cadeaux. On ne parla même pas de dot. Le jeune homme meubla un petit appartement dont il fit leur nid. Au début, Madiha semblait s'être complètement séparée de sa famille. Mais la rupture fut de courte durée. Des personnes de bonne volonté intercédèrent, les choses se remirent en place et les cœurs vibrèrent de bonheur et d'amour…

Près d'un an plus tard, voilà qu'Abdel Khâleq nous dit en riant :

— Samia, la fille de Gamâl bey, s'est enfuie avec un officier de l'armée.

Cette fois-ci, tout le monde rit en chœur :

— Quel idiot ce bey, cela ne lui a pas servi de leçon !

— Il est, sans nul doute, fou.

L'histoire de Madiha se répéta avec Samia : la fuite, puis le mariage, la construction d'un nid, la rupture puis le retour à la stabilité et au bonheur, comme si la famille inventait de nouvelles coutumes d'amour et de mariage.

Mais une étrange rumeur que tout le monde avait envie de croire se répandit dans la rue, rumeur que confirmèrent Abdel Khâleq et *'amm** Farag, le marchand de glaces et de confiseries. On racontait que ces fuites n'étaient pas dues au hasard, mais qu'elles étaient préparées astucieusement par Gamâl bey Ismaïl, pour marier ses filles sans dépenser un sou, non par avarice, mais parce qu'il consacrait tout son salaire au bien-être de sa famille, sans penser au lendemain. Il ne put rien économiser, ni acquérir de propriété. C'est pourquoi il s'appliqua à refuser les demandes en mariage, tant et si bien que Madiha et Samia furent obligées de s'enfuir. Ainsi, il finit par obtenir ce qu'il voulait.

C'était des bruits qui couraient et que l'on crut… Et il n'est point difficile de croire aux rumeurs malveillantes… Et puis, il n'y a pas de fumée sans feu ! De toute façon, nous vivions dans un milieu qui distillait le mensonge et les allégations gratuites. Chacun racontait des

* Littéralement "oncle", mais souvent terme général d'affection.

légendes sur ses propres origines. Chaque famille était de noble souche, couverte de gloire et de renommée, du temps de Mohammad Ali, des Mamelouks ou même du Prophète en personne. Quant aux mensonges des femmes, on les colportait sans aucune gêne. On les acceptait sans discuter, même s'ils étaient difficiles à avaler. Ainsi, dès qu'une rumeur malveillante commençait à se répandre, comme celle du mariage de Madiha ou de Samia, on la croyait vraie avec une joie secrète. Pour nous autres, adolescents ou proches de l'adolescence, c'était le côté érotique de l'histoire qui nous intéressait. La fuite se terminant par un mariage nous décevait, tarissait notre imagination et dissipait nos rêves. Nous aurions aimé que, pour au moins une fois, la vie ressemblât à une pièce de Youssef Wahbî* dont notre rue aurait été le théâtre. On discutait avec ardeur :

— Penses-tu qu'il ne s'est rien passé avant l'arrivée du *maazoun*** ?

— Une fille capable de s'enfuir est capable de tout !

— Imaginez cette beauté rare se dénudant…

Et qu'imaginer d'autre ! De nous tous, aucun n'avait pu échapper au charme de Madiha, de Samia ou même des deux à la fois. Leur départ de la rue Al-Radwân fut comme l'éclipse du soleil ou de la lune. Jamais l'imagination ni la lecture de poèmes élégiaques ne pourraient nous faire oublier leur absence. Il ne nous restait des Ismaïl que Karima *hânem* dont la corpulence nous faisait peur, Gamâl bey, avec qui nous

* Célèbre dramaturge et acteur.

** Autorité religieuse contractant les mariages et les divorces.

partagions une antipathie tenace, et enfin Osmân qui suscitait à la fois notre admiration et notre indignation quand, à son passage, nous arrêtions nos jeux et qu'il nous remerciait en disant : *"Merci, monsieur*.*" Une fois parti, il déchaînait une tempête de moqueries.

Il invitait des amis européanisés comme lui et les recevait dans son salon. Un pianiste parmi eux jouait à la perfection des morceaux de musique occidentale, ce qui provoquait notre colère. Bien sûr, nous étions, nous aussi, attirés par ce qui était européen, mais dans d'autres domaines. Ainsi, nous lisions des œuvres traduites, essayions même d'apprendre à danser le charleston et le tango. Mais quant à la musique occidentale, il nous était vraiment difficile de l'assimiler.

Pendant le ramadan, Osmân ne se gênait pas pour marcher dans la rue, la cigarette aux lèvres. Ma mère me disait :

— Karima *hânem* non plus ne jeûne pas…

— Et Gamâl bey ?

— Je n'en sais rien, mais il est probable qu'il jeûne.

Je me rappelai alors l'étendue de son ventre qui ressemblait à la superficie de l'Asie sur la carte. Et je conclus qu'il ne pouvait jeûner.

Au début des années trente – nous étions à la fin du cycle secondaire –, Osmân eut une bourse pour la France. Quelques mois plus tard, nous apprîmes avec stupeur qu'il avait été contraint de tirer des coups de feu pour récupérer son argent, perdu sur une table de jeu, et qu'il avait été arrêté. Nous ne pouvions imaginer que cette personne si délicate, si raffinée et

* En français dans le texte.

d'une infinie douceur, se fût métamorphosée en criminel. Malgré tout, le cœur de notre rue frémit à cette nouvelle. Nous apprîmes par la suite qu'il avait été condamné à dix ans de prison sur l'île du Diable. O l'horreur ! Osmân Gamâl Ismaïl sur l'île du Diable ! C'était l'enfer, comme nous l'avions vu dans un film au cinéma Olympia. Comment ce jeune homme fragile et raffiné le supporterait-il ? On ne voyait plus Karima *hânem* dans la rue. Quant à Gamâl bey, ses yeux, jadis brillants, perdirent leur éclat ; son pas se fit pesant. On raconta qu'il avait demandé l'intercession d'Ismaïl Sedqi, le Premier ministre, mais que pouvait faire cette intercession devant la loi française ? J'entendis ma mère dire, avec beaucoup d'émotion, un jour qu'elle revenait de chez les Ismaïl : "Pauvre Karima *hânem*… Tes yeux ont perdu leur éclat tant tu as versé de larmes !"

Cependant, comme une plaie qui finit par cicatriser, la tragédie ne dura pas longtemps. Elle atteignit son paroxysme avec la mort du héros prisonnier et transforma la vie des époux. On apprit un jour qu'ils avaient accompli le pèlerinage à La Mecque. Pendant la Seconde Guerre mondiale, je vis Karima *hânem* dans l'abri souterrain de la rue qui rassemblait, tous les soirs, les gens du quartier. Elle était vêtue de ses habits d'intérieur, était très amaigrie et portait les stigmates de l'âge. A la fin de la guerre, la famille émigra à Héliopolis. Dès lors, je ne les vis plus. Les migrations de notre rue se succédèrent vers des quartiers plus chic. La rue Ahmad Saïd traversa les champs ; la verdure et les fleurs ne tardèrent pas à disparaître et furent remplacées par un terrain vague où l'on entreposait de la ferraille et des carcasses d'engins, vestiges de la guerre. Dans les années cinquante – j'étais alors fonctionnaire des *waqf* –, j'aperçus, un jour, Samia accompagnant un vieillard chez le directeur des *waqf* familiaux. Je vis devant moi la copie conforme de Karima *hânem* à l'époque où elle était jeune et belle. Nous échangeâmes un regard furtif, et j'eus la conviction que les souvenirs du passé établirent un dialogue muet à travers notre regard, mais il fut suffisant pour faire renaître en moi le souvenir d'une longue amitié et d'un passé radieux.

Les Mourâd

Leur maison se situait tout au bout de la rue, du côté de Bayn al-Ganâyen, et faisait face à la maison des Ismaïl. Abdel Khâleq, le dernier des enfants, était de nos amis. Il vivait dans cette maison, en compagnie d'une sœur et de deux frères. Quelques années auparavant, alors qu'il n'était qu'un enfant, son père, le cheikh Mourâd, et sa mère étaient décédés. Mahmoud était l'aîné de Ratîba et d'Ahmad. Une grande différence d'âge séparait ce dernier de mon ami Abdel Khâleq. Ratîba remplaçait la mère et s'acquittait de cette tâche à la perfection. Selon les dires d'Abdel Khâleq, ses deux frères étaient fonctionnaires et avaient décidé de ne prendre femme qu'après le mariage de leur sœur Ratîba.

Malgré sa condition et ses dehors modestes, je n'ai jamais connu une personne aussi fière que mon ami. Il nous parlait souvent de son père, le cheikh Mourâd, un des cheikhs de renom d'Al-Azhar*, et de sa mère, descendante d'une noble famille au passé glorieux et dont le père est cité par l'historien Gabartî. Abdel Khâleq racontait aussi que ses deux frères – Mahmoud effendi et Ahmad effendi – étaient des hauts fonctionnaires. Avec le temps, j'appris la vérité, de la rue et par mes amis. Je compris que cette fierté n'était pas toujours sans fondement. En effet, sa famille était la seule branche dénudée d'un arbre généalogique couvert de gloire et de richesse. Son oncle paternel avait été mufti d'Egypte et était alors membre du Conseil des oulémas. Il avait pris des positions courageuses durant la révolution de 1919. Son oncle maternel, quant à lui, était procureur général. Et si tu savais ce qu'était un procureur général ! Un autre oncle maternel était un des plus grands commerçants du pays. Ainsi la fierté d'Abdel Khâleq n'était-elle pas sans fondement, mais il exagérait un peu, ce qui lui valut quelques moqueries. Il profitait de la publication de la notice nécrologique d'un membre de sa famille pour nous la lire en égrenant les noms importants qui y figuraient. Mais on ne vit jamais une de ces personnalités visiter notre ami dans sa maison isolée de la rue Al-Radwân. J'appris enfin, par la suite, la vérité sur ses deux frères : ils n'étaient que petits fonctionnaires, Mahmoud effendi n'avait que le certificat d'études et Ahmad effendi, le brevet.

Le visage arrondi, les cheveux d'un noir de jais, le nez plat, les yeux ronds et petits, Abdel Khâleq ressemblait beaucoup à Mahmoud effendi et à

* Mosquée-université du Caire, fondée par les Fatimides au Xe siècle.

Ratîba, et les trois n'avaient rien à voir, ni de près ni de loin, avec la beauté, contrairement à Ahmad effendi dont la taille était élancée, le teint plutôt clair, les traits réguliers et séduisants. Il était normal que les deux frères remettent leur mariage à plus tard, après que Ratîba serait mariée et qu'Abdel Khâleq aurait terminé ses études qui n'auguraient rien de bon. La pauvreté menaçait la famille et assombrissait son avenir.

Ratîba était peut-être le problème essentiel de la famille, à cause de sa pauvreté et de son ignorance, et parce qu'elle était cruellement privée de charme et de beauté. Elle ne se résignait pas pour autant à vivre recluse et solitaire. Souvent, elle se rendait seule chez ses voisines, fuyant les jours de visite habituels, pour éviter de se trouver, vêtue de ses modestes habits, en présence d'autres femmes. Ainsi, elle pouvait recevoir celles-ci individuellement, et il ne lui en coûtait qu'une tasse de café.

Elle était aux petits soins pour les membres de sa famille. Aussi ils ne sentaient pas l'absence de la mère ni n'éprouvaient le besoin de se marier. Ratîba prit de l'âge, jour après jour, dans une atmosphère de sourde angoisse. Ahmad était, sans nul doute, le plus heureux de tous. Il se pavanait dans la rue, aguichant les jeunes filles et les femmes, et jetait des regards vers les fenêtres et les balcons tenus fermés par une prudence de rigueur. Il avait fait de l'art d'aimer sa profession et il ne fut pas déçu, car l'amour le libéra miraculeusement de la triste maison. Une riche veuve, qui avait son âge, tomba amoureuse de lui et lui proposa un mariage qui convenait à la situation d'Ahmad, c'est-à-dire qu'il ne lui en coûta pas un sou. Son grand frère Mahmoud en fut alarmé et lui reprocha de l'abandonner, seul, sur le navire à la dérive. Mais il le rassura, lui promettant qu'il couvrirait sa famille des biens dont Dieu le couvrirait.

Ahmad épousa la veuve qui l'emmena à Al-Maâdi, comme pour l'accaparer et l'éloigner de sa famille. En vérité, il ne put tenir aucune de ses promesses fallacieuses. Il faillit rompre totalement avec sa famille pour éviter les querelles et les tracas. La situation de la famille alla de mal en pis et le désespoir fut à son comble pour Mahmoud et Ratîba.

Quant à Abdel Khâleq, après maints échecs scolaires, il s'inscrivit au cycle moyen d'études commerciales et termina, avant nous tous, ses modestes études. Et par l'entremise de son oncle paternel ou maternel, il obtint un petit emploi au ministère de la Culture.

Dans les années trente, Mahmoud effendi rejeta totalement toute idée de mariage et s'achemina, impuissant, vers l'âge de la retraite. Quant à Ratîba, arrivée à l'âge de trente-cinq ans, elle s'abandonna au désespoir. Abdel Khâleq était convaincu qu'il prenait le même chemin. Cependant, la vie réservait à sa sœur une surprise : une âme charitable lui présenta un prétendant, âgé de cinquante ans, qui vivait seul, possédait quelques biens et souffrait de quelques maladies. Peut-être avait-il besoin d'être servi plus que de toute autre chose. C'est ainsi que Ratîba se maria et se libéra du désespoir et du doute. Elle s'établit dans sa nouvelle maison, mit au monde deux garçons, avant qu'il ne fût trop tard. J'eus l'occasion de voir l'aîné, officier de police, et le second, officier de l'armée. Il m'arrivait de les rencontrer chez Abdel Khâleq, et ils m'appelaient "mon oncle", comme ils le faisaient pour leur oncle Abdel Khâleq.

En vérité, notre amitié pour ce dernier résista au temps, malgré les divergences d'idées et de croyances, amitié entretenue par la rue, le café et les souvenirs. Nous vécûmes ensemble la Seconde Guerre mondiale. Chaque soir, l'abri nous rassemblait. Que de fois avons-nous discuté des bouleversements qui se produisaient autour de nous, des gens, de leurs conditions d'existence et de la cherté de la vie ! Mon ami étant célibataire, privé de relations affectives chaleureuses, il nous était facile de comprendre le grand amour qu'il vouait à sa famille, en général, et à ses deux neveux, en particulier, comptant ainsi, naïvement, sur le pouvoir de la police et de l'armée pour oublier sa modeste condition d'employé sans avenir. Mais la malchance le guettait là où il l'attendait le moins.

Durant la période critique qui suivit immédiatement la guerre, l'officier de police embrassa les idées des Frères musulmans*. Lors de la lutte qui opposa les Frères au pouvoir, il fut démasqué et abattu par la police au cours d'une folle poursuite. Les policiers tuèrent leur officier et je n'appris la vérité que par la bouche d'Abdel Khâleq. Sa version contredisait celle publiée par la presse selon laquelle l'officier avait été tué par les Frères musulmans lors de la fusillade. Abdel Khâleq nous envoya un mot nous demandant de ne pas assister aux funérailles car nous pouvions être arrêtés pour interrogatoire.

Quelques jours plus tard, il nous dit :

— Ils ont même fouillé notre maison… et, d'une voix émue, il murmura : C'est encore ma terrible malchance !

* Confrérie religieuse et politique fondée en 1920 par Hassan al-Banna.

Parmi mes amis, je n'ai connu personne qui ait eu, face à la mort, une douleur comme celle d'Abdel Khâleq. Dans ce domaine, il dépassait même les femmes. Je n'ai connu personne, non plus, aussi intensément attaché à sa famille.

Ce qui le caractérisait également, c'était son vice du jeu. Il achetait des billets de loterie, surtout ceux des œuvres charitables et des courses internationales de chevaux. Les moments les plus heureux de sa vie étaient ceux écoulés entre l'achat du billet et le tirage, quand il s'abandonnait à la douceur des rêves, aux joies les plus simples : une villa, une voiture, une table garnie et une femme. Quelquefois, il me disait avec regret :

— Quel dommage ! Tous ces regards jetés pour rien !

Je lui demandais alors ce qu'il voulait dire et il répondait :

— Toutes ces belles aux fenêtres…

Il me racontait les filles d'Al-Abbasseyya, comment il les pourchassait de ses regards avides et comment elles se prêtaient poliment à ce jeu, attendant la suite qui ne venait jamais…

— Le regard porte loin, mais la main, point ! me disait-il.

Je répondais en riant :

— Peut-être le destin te réserve-t-il une surprise, comme il l'a fait pour ton frère Ahmad !

Il protestait alors :

— Ne me rappelle pas cette canaille !

Abdel Khâleq pratiquait la religion d'une façon singulière. Il faisait ses prières, jeûnait et ne cessait d'invoquer Dieu, car on ne savait jamais… Ce qui ne l'empêchait pas, la veille du vendredi, de boire les alcools les moins chers dans la rue Mohammad Ali jusqu'à se soûler.

Puis il allait, titubant, vers la ruelle Tayyâb. Il chantait alors dans son ivresse :

Gloire à Qui connaît le caché,
Qui a le pouvoir de remplir mes poches.
Que je prenne ma part en ce monde,
Et que j'épouse une Française !

Contrairement à toute notre bande, il ne s'affilia pas au mouvement nationaliste. Il disait avec dépit :

— Ce sont tous des rigolos. Qu'ont-ils fait pour les miséreux ?

Les voix s'élevaient pour fustiger le colonisateur et les étrangers. Il répondait alors, sarcastique :

— Les hommes politiques partagent avec eux les richesses et nous embobinent avec leurs discours.

Impossible de lui faire changer d'opinion. C'était le seul – ou presque – de notre groupe à être resté enfermé dans une hermétique ignorance. Pas une seule fois dans sa vie il ne regarda un livre ou une revue, mis à part les manuels scolaires. Il ne savait pas faire la différence entre 'Aqqâd le penseur et 'Aqqâd l'épicier d'Al-Sekka al-Guédida ! Nous nous aperçûmes plus tard qu'il croyait que le mot Nil était synonyme de fleuve. Ainsi, il y avait un nil en Angleterre, un nil en Irak, etc. Il avait tendance à être silencieux et triste, ne riait, chantait, dansait et se déridait que quand il était ivre. Le temps s'écoula. Nous atteignîmes nos quarante ans. C'est alors que l'armée nous surprit par son coup d'Etat, en juillet 1952. Nous nous posions plein de questions et voilà qu'Abdel Khâleq nous dit :

— Tout changement vaut mieux que cette misère dont nous souffrons.

Très vite il s'aperçut que son neveu, le seul qui lui restait, faisait partie des officiers proches du pouvoir. Il était ivre de joie et, pour la première fois, s'intéressa à la politique. Sans être soûl pourtant, il riait et nous disait :

— S'il ne nous a pas été donné d'être parmi les princes, nous serons parmi les nobles !

Il était convaincu qu'il avait enfin gagné à la loterie et que les portes du paradis lui étaient enfin ouvertes. Je lui demandai un jour :

— Quand obtiendras-tu une promotion ?

— Il m'a dit – son neveu – que les promotions au ministère étaient difficiles à obtenir et qu'elles ne donnaient que peu d'avantages, mais qu'il allait me chercher, dans une société privée, un emploi assorti d'un salaire faramineux.

Je ne voyais plus le jeune officier dans notre rue, peut-être était-il trop occupé par ses nouvelles fonctions. Il profitait de la nuit pour rendre visite, de temps à autre, à ses deux oncles maternels. Il prenait ainsi de leurs nouvelles, leur promettait que tout irait bien, puis s'en allait sans que personne ne s'en aperçût. Je le rencontrai un matin, par hasard, alors que je partais au travail et qu'il sortait de la Maison de la Radio, rue Al-Chérifeyn. Une voiture militaire l'attendait. Je m'avançai pour le saluer, mais il continua son chemin, comme s'il ne m'avait pas vu. Je reçus une douche froide. Il ne pouvait pas faire semblant de m'ignorer ! Il devait être préoccupé, c'est pourquoi il ne m'avait pas vu. Mais comme il avait changé en quelques jours ! Il avait un air supérieur, je ne sais d'où il le tenait, et marchait comme s'il était le propriétaire de la terre et de ses habitants. Je me rappelai, consterné, sa modestie, sa simplicité, sa douceur et sa crédulité. Il me vint alors à l'esprit que ces officiers-là, dans leur révolte, représentaient l'Egypte dominée. Ils souffraient d'un sentiment d'infériorité, mais il était à craindre qu'il ne se transformât en sentiment de supériorité dont seuls pâtiraient les infortunés Egyptiens !

Ce qui est certain, c'est qu'Abdel Khâleq vivait dans un mirage.

La tragédie commença lorsque le jeune officier commença à souffrir de maux de tête intermittents qui devinrent de plus en plus violents. L'examen médical révéla la présence d'une tumeur cérébrale. Aussitôt, il fut transporté en Angleterre pour y subir, d'urgence, une intervention chirurgicale délicate. Très vite, et sans que l'on s'y attende, le jeune homme rendit l'âme. La tristesse qui submergea Abdel Khâleq était de celles que l'on n'oublie jamais. Il pleura et se gifla les joues comme font les femmes. Il s'évanouit deux fois dans son salon, alors que nous lui présentions nos condoléances.

En vérité, nous comprenions sa tristesse et son état et nous partagions sa douleur de tout notre cœur. Il vécut longtemps dans le désespoir et disait :

— Quelle malchance ! Un miracle s'était produit pour moi et regardez comme il se termine…

Puis il poursuivait, pensif :

— Regardez la chance des autres…

Il se mit à dénombrer les chanceux : ceux qui faisaient partie du comité qui dressait les inventaires des palais royaux – et si tu savais ce qu'inventaire veut dire ! –, ceux qui avaient été promus dans leur ministère et dont le pouvoir était plus important que celui du sous-secrétaire d'Etat, et d'autres…

— Jusqu'à ce que mon tour soit venu, et là, il y a eu comme un coup d'Etat dans le coup d'Etat…

Nous lui conseillâmes de solliciter l'intervention de collègues de son neveu, officiers, mais il ne put obtenir que sa promotion au septième échelon. Il continua sa triste vie, en compagnie de son frère, encore plus infortuné que lui. A la mort de ce dernier, dans les années soixante, Abdel Khâleq vendit la maison et, avec sa part, il épousa une veuve qui avait la cinquantaine et deux filles mariées, et ils habitèrent Al-Sakakîni. Il n'eut pas d'enfants. Avec l'âge, il se calma quelque peu et accepta la réalité des faits. Sa piété et sa foi dans l'au-delà allèrent en augmentant. Mais jamais il ne cessa d'aller au café et d'y rencontrer ses amis. Il était septuagénaire quand il mourut d'une insuffisance rénale, dans les années quatre-vingt, après une vie de désirs, de regrets et de frustrations, enfouissant les beaux souvenirs dans un passé lointain dont les contours étaient presque effacés.

Les Querbi

Le palais des Querbi se dressait à côté de la maison des Mourâd. Il était immense, entouré de hauts murs, derrière lesquels s'élevaient des palmiers. Il occupait en longueur une grande partie de notre rue et, en profondeur, s'enfonçait jusqu'à la rue Abou Khôda, retranché dans un isolement austère et mystérieux comme s'il émergeait de la nuit indéchiffrable des temps. Personne ne savait rien de la famille ni de ses origines. Les gens du palais ne visitaient ni ne recevaient personne, contrairement à la majorité des habitants du quartier qui entretenaient des rapports de bon voisinage et d'amitié. Des membres de la famille, nous ne connaissions que le père, Ihsân bey al-Querbi, et son fils 'Amr. L'après-midi, nous avions coutume de voir, devant le portail, le concierge, le cocher, le cuisinier et la gouvernante. Le bey quittait le palais une fois par jour, au crépuscule. Il traversait – en général à pied, rarement dans sa calèche – la rue Al-Abbasseyya, en direction de l'est, pour passer la soirée dans un autre palais. Corpulent, plutôt petit de taille, fessu comme une femme, il portait le tarbouche, avait le visage poupin et les traits lourds. Il voyait le monde à travers des lunettes fumées et tenait un chasse-mouche au pommeau d'ivoire. Il se déplaçait lentement, le regard éteint, comme s'il venait de se lever du lit. Il marchait sans faire attention à ce qui l'entourait. Quant à 'Amr, il avait notre âge, mais il n'encouragea jamais personne à le connaître ni ne tenta, de son côté, de connaître quiconque. Il apparaissait rarement devant le portail, passait le plus clair de ses heures de loisir dans son jardin. Sans ses yeux globuleux, il aurait été le portrait, en miniature, de son père.

Malgré ses remontrances répétées, nous préférions Gamâl bey Ismaïl à Ihsân bey, car, en nous provoquant, il déclenchait nos rires. Il n'y avait aucune comparaison possible entre lui et cette masse silencieuse de chair froide. De plus, Gamâl bey avait mérité un statut à part, étant le père de Madiha et de Samia. Quoi qu'il en soit, nous avions croqué le portrait de la famille, aidés en cela par notre imagination qui en avait esquissé quelques traits et par *'amm* Farag qui s'était chargé du reste. Notre ami Abdel Khâleq nous disait :

— Le nom de Querbi suffit à lui-même : il est dérivé du mot *qirba*, "outre". Leur grand-père était sans nul doute porteur d'eau. La couleur de leur peau, comme vous le voyez, ne reflète pas une origine circassienne, ni turque, ni même syrienne…

Quant à *'amm* Farag, le marchand de glaces et de confiseries, il avait défié, par son bavardage, les murs du palais. Il nous révéla :

— Il n'y a dans le palais qu'une seule femme, Naffoussa, l'intendante.

Il nous assura que la *hânem* était morte après la naissance de 'Amr et que, bien avant lui, elle avait donné naissance à Moussa bey, actuellement diplomate. Nous avions presque oublié les Querbi, ne leur prêtant aucune attention, jusqu'au jour où ils se firent remarquer, dans les années trente, par une provocation qui suscita contre eux une rancœur tenace. Dans son palais, en effet, le bey donna un banquet en l'honneur du Premier ministre, Ismaïl Sedqi pacha. Celui-ci était à l'époque le dictateur de l'Egypte, son tortionnaire et la plus détestable créature de Dieu. Ce jour-là, durant tout l'après-midi, les policiers se déployèrent dans la rue et dans tout le quartier, interdisant tout attroupement, si bien que je fus obligé de suivre l'événement de la fenêtre de ma maison. Des policiers en armes prirent position dans la rue. Les voitures des invités arrivaient sans discontinuer puis entraient dans le palais, les unes après les autres. Enfin, quand la voiture du Premier ministre arriva, les invités et, à leur tête, Ihsân bey al-Querbi s'alignèrent pour le recevoir. J'aperçus le pacha quittant sa voiture pour entrer dans le palais. La soirée s'acheva tard dans la nuit. Après quoi, les invités quittèrent le palais dans les voitures qui partirent en convoi, entre deux rangées de soldats armés. Tel un feu de paille, la nouvelle se propagea dans tout le quartier, et le nom de Querbi ne fut prononcé qu'accompagné de malédictions.

Le bey se réfugia dans son trou et dans son mystère, jusqu'au jour où il attira de nouveau notre attention, à une date que je ne peux préciser. Voilà qu'un matin Naffoussa, l'intendante, quitta le palais, drapée dans sa *mélâya*, en proférant des injures et en maudissant l'impudeur des gens. Que s'était-il passé ? Et qui avait manqué de pudeur ?

L'un de nous commenta :

— La femme n'est pas toute jeune mais elle a, assurément, de beaux restes !

Elle revint un moment plus tard, accompagnée d'un policier, et ils entrèrent dans le palais. Nous brûlions d'envie de savoir ce qui se passait et nous étions au comble de l'excitation. Et voilà qu'un cortège, composé de la femme, du policier et d'Ihsân bey al-Querbi, sortit du palais et se dirigea vers le poste de police d'Al-Wâyli.

— Bonté divine !… Le bey en personne !

— Et pourquoi pas ?

— En quoi cela regarde-t-il la police ?

— La femme espère en tirer quelque avantage !

Nous n'apprîmes rien de plus jusqu'à ce que *'amm* Farag parlât de l'affaire. Mais seul Dieu connaît tout ! Car, jusqu'à ce jour, je ne sais où s'arrête l'imagination et où commence la vérité. *'Amm* Farag nous apprit que le bey avait surpris la femme par des avances perverses, ce qui l'avait touchée dans son honneur, et elle se jura de porter plainte. *'Amm* Farag poursuivit :

— L'affaire s'est terminée par un procès, Dieu nous en préserve…

Notre intérêt en fut avivé, notre imagination excitée et notre sexualité latente mise en émoi. *'Amm* Farag ajouta qu'autrefois, les relations s'étaient détériorées entre le bey et sa femme défunte à cause de ses penchants pervers. Quoi qu'il en soit, nous vîmes l'homme reprendre sa vie normale, aller et venir, indifférent à tout, comme si de rien n'était. Qu'en était-il ? Attendait-il un jugement ? La femme avait-elle été incapable de prouver le délit ? Y avait-il eu un quelconque accord ? Des responsables haut placés avaient-ils intercédé en faveur du bey ? La vérité nous échappa totalement. La vie reprit son cours normal. Une nouvelle gouvernante remplaça l'ancienne. 'Amr termina ses études à peu près en même temps que nous et intégra, comme son frère, le corps diplomatique. Quelque temps après le début de la Seconde Guerre mondiale, le bey quitta le quartier. Je n'entendis plus parler de lui, ni de ses deux fils. Le palais resta fermé jusqu'à sa vente, vers la fin des années quarante. A sa place furent érigés quatre immeubles.

Les Gamhi

Leur maison était accolée à celle des Gamâl Ismaïl. Ils formaient une grande famille : Abdel Rahim bey, le chef de famille, Hussein, son fils et notre ami, la mère et les filles que personne ne vit et dont on ne connut jamais le nombre exact, tant la garde était serrée autour d'elles. Abdel Rahim bey al-Gamhi faisait partie des notables bédouins de Fayyoum. Pour une raison inconnue, il laissa sa terre à la charge de ses frères et émigra au Caire où il se fit construire une maison dans la rue Al-Radwân et s'installa. Jamais personne ne vit, à une fenêtre ou à une porte, le visage d'une de ses femmes. Il n'était pas nécessaire de présenter les filles aux familles, car elles avaient été fiancées dès le berceau à des cousins paternels. Abdel Rahim bey al-Gamhi ne permit à son épouse de rendre visite à une famille voisine qu'après qu'il se fut assuré que celle-ci n'avait rien à voir avec les Européens. Cependant, j'eus la chance un jour de voir son épouse, alors que j'étais un jeune enfant, et d'admirer sa chair blanche, ses traits séduisants et son délicieux accent bédouin. Mais pour sortir, elle se couvrait de noir et ressemblait ainsi à un sac de charbon.

L'homme inspirait la crainte, avait de la morgue, l'air sévère et puissant, ce dont tout le monde devait tenir compte. Il était aussi fort qu'un lutteur professionnel, avait une moustache épaisse, de gros traits, un aspect plutôt repoussant et souffrait d'un strabisme important. Il marchait d'un pas lourd, vêtu d'une cape et coiffé d'un turban, serrant dans sa main une grosse canne, plus grande que lui. Des rumeurs coururent – je ne sais comment – que l'homme avait tué plusieurs personnes dans son village. Il nous vint à l'esprit de demander à Hussein si ce que l'on colportait était vrai. Il répondit sur un ton solennel : "Mon père a tué quarante hommes !"

Je vis dès lors en lui le symbole de la mort et son spectre. Il m'inspirait la peur autant que la haine. J'eus la conviction que la justice ne serait établie sur terre que le jour où cet homme serait tué.

A la suite d'une visite qu'il rendit à mon père, je dis à ce dernier :

— On raconte que c'est un assassin…

— Pourquoi devrions-nous croire ce que l'on raconte ? En vérité, c'est un homme de cœur et un voisin de confiance…

Hussein ressemblait à son père ; il avait sa force et sa brutalité. Quand il se mettait en colère, il cognait. Personne n'osait lui tenir tête. Par contre, quand il était satisfait, il devenait l'exemple même de la générosité et de la gentillesse. Il nous invitait souvent à déjeuner et nous gavait de confiseries et de fruits. Bien qu'il fût fortuné, il était bon élève. Il aimait lire, débattre, se réclamait des Arabes et de l'arabisme et tirait orgueil de son statut de classe. Aussi respectait-il le roi et Adly et ne cachait-il pas son mépris pour Saad Zaghloul. Il regardait les événements de haut, ne masquait pas ses idées ni ne les dissimulait. Il provoquait des discussions houleuses. Cependant, nous l'acceptions avec ses défauts et nous étions même convaincus qu'il représentait l'opposition nécessaire pour renouveler nos conversations et les animer. Nos divergences ne se limitaient pas uniquement à la politique, mais s'étendaient également aux femmes, à la civilisation occidentale et aux idées nouvelles. Il était peut-être le seul du groupe à préférer Râfi'î à 'Aqqâd. Mais il se disputa un jour avec Abdel Khâleq à propos de Maciste et Fantôme, ce qui dévoila sa brutalité. Maciste et Fantôme, héros de films, nous fascinaient par leur force et leur courage. Chacun d'eux avait un groupe de partisans. Hussein était pour Maciste et Abdel Khâleq pour Fantôme. La discussion s'envenima tant et si bien que Hussein al-Gamhi se mit en colère et prit Abdel Khâleq à la gorge :

— Si Maciste prenait Fantôme comme cela, à la gorge, que pourrait faire ce dernier ?

Il l'étrangla avec tellement de rage que le visage d'Abdel Khâleq se convulsa et qu'il perdit la voix. Nous les séparâmes. Abdel Khâleq était tout pantelant. Il resta longtemps sans voir Hussein jusqu'à ce que ce dernier l'invitât à un déjeuner spécial de réconciliation.

La maison d'Abdel Rahim bey faisait face au palais des Querbi, mais ils ne se saluaient jamais. Ihsân bey marchait comme un somnambule, ne voyant rien de ce qui l'entourait. Aussi provoquait-il Abdel Rahim bey en ayant l'air de l'ignorer, alors qu'il n'avait pas l'intention de le faire. C'est pourquoi, à son passage, Abdel Rahim bey s'appliquait à cracher fort pour souligner son mépris et son mécontentement. L'autre passait son chemin sans prêter attention. Nous nous attendions à ce que les choses s'enveniment, mais il n'en fut rien, Dieu en soit loué. Abdel Rahim bey avait pris l'habitude, pour le mariage de chacune de ses filles, de faire deux fêtes : la première dans notre rue, le jour de la signature du contrat de mariage ; la seconde à Fayyoum, le jour de la *dokhla**. Presque toute la rue – à part, bien entendu, les Querbi – était invitée à la cérémonie. Profitant de notre âge, nous voulions entendre chanter l'almée et voir les femmes. Mais le bey, impitoyable, se rendit compte de notre manège et, furieux, nous barra le chemin, en nous criant :

— Démons ! Votre place est sous le dais, sinon je vous brise la tête !

Nous prîmes la fuite, comme des rats, poursuivis par l'image de son visage féroce. Le lendemain,

* Nuit de noces où le mariage est consommé.

je racontai l'histoire à mon père qui éclata de rire :

— Il vous considère comme des hommes. Et pourquoi accordez-vous de l'importance à l'almée, alors que vous avez Sâleh Abdel Hayy sous le dais ?

La famille continua à respecter les coutumes jusqu'à ce que la Seconde Guerre mondiale l'obligeât à descendre aux abris souterrains, comme tout le monde. A cette époque, les filles étaient mariées. Hussein avait terminé ses études à la faculté d'agronomie, puis était parti aux Etats-Unis, poursuivre ses études. Il ne restait dans la maison qu'Abdel Rahim bey et son épouse. L'homme fut obligé d'amener celle-ci dans l'abri où *'amm* Farag et Querbi étaient égaux. Elle y descendait, drapée dans une cape qui cachait toute sa silhouette. Une nuit mémorable, les bombardements redoublèrent d'intensité. Les nerfs flanchèrent et les femmes se mirent à crier. Abdel Rahim bey perdit lui aussi son sang-froid et, hystérique, se mit à cogner le plafond de sa canne puis poussa un coup de gueule, inconsciemment :

— Taisez-vous, ou ma canne brisera la tête de celle que j'entendrai crier !

On n'entendit plus que le bruit des bombardements et des canons antiaériens, et personne, en cette sombre nuit, ne pensa à lui demander de s'excuser ou à lui faire des reproches.

Au début de la guerre, Hussein revint avec le titre de docteur et travailla au ministère de l'Agriculture. Il renoua les liens d'amitié avec nous, comme autrefois. Cependant, si son séjour d'études en Amérique n'avait pas changé son attitude face à la vie en général – il était toujours aussi conservateur –, il éprouvait maintenant une attirance nouvelle pour la civilisation moderne et ses manifestations matérielles avancées. C'est alors que son père mourut de manière inattendue, du moins à nos yeux. On raconta que, se trouvant à Fayyoum, il rendit visite à un boucher de sa connaissance. Ils étaient assis, tous les deux, juste avant le crépuscule, devant son échoppe située sur une place d'où partaient plusieurs rues. Soudain, alors que le soleil commençait à disparaître et la place à se vider, de nombreux coups de feu partirent de plusieurs directions et atteignirent l'homme. En quelques secondes, tout fut terminé. Abdel Rahim tomba raide mort, noyé dans son sang, et les tueurs prirent la fuite. La réaction des gens fut violente, à cause du statut de l'homme et de sa grande autorité. On interrogea le boucher et deux hommes qui étaient là par hasard. Mais tout le monde fut d'accord pour dire que le meurtre s'était déroulé à une vitesse hallucinante et qu'ils n'avaient vu personne. L'enquête n'aboutit à rien. On raconta – et Dieu seul possède le savoir – que les témoins s'étaient accordés pour dire la même chose, dans le but de se venger d'un meurtrier dangereux qui avait, jusque-là, échappé à la justice. On alla jusqu'à prétendre que la police et le ministère public négligèrent les recherches, parce que leur cœur penchait, cette fois-ci, du côté des criminels plutôt que du côté de la victime !

Peut-être que ce que nous avions entendu là n'était qu'une légende. Dans ce cas, nul doute que certaines légendes sont plus belles et plus authentiques que la réalité…

Hussein éprouva une grande peine à la mort de son père. Il ne cessait de dire : "Je voudrais bien venger la mort de mon père, mais comment ?"

Il soupirait, contenant sa rage. Quand la révolution de Juillet éclata, tout son univers s'écroula. Il devint, du jour au lendemain, un étranger dans son monde. Toutefois, il se révéla plus prudent que je ne l'aurais imaginé. Dès les premiers instants, il apprit à maîtriser sa langue et à dominer ses émotions. Il épousa une cousine paternelle, vendit sa terre ou ce qu'il en restait, habita sa maison d'Al-Abbasseyya et s'accommoda d'un niveau de vie bien au-dessous de ses moyens. Il renonça à parler de politique, même avec ses intimes. Il était devenu un nouvel homme que rien, mis à part les problèmes de sa famille et de sa profession, n'intéressait, jusqu'au jour où la défaite du 5 Juin nous surprit. Il lui fut alors difficile de cacher sa joie et il s'approchait souvent de son interlocuteur à qui il murmurait : "Tu as entendu la dernière blague ?"

Il racontait une blague après l'autre. Cependant, il ne dévoila son vrai visage qu'à la mort de Nasser, ou plus précisément quand il fut permis de critiquer son régime. Là, je perçus toute la haine contenue dans son cœur pour l'homme et sa révolution. Sa haine n'aurait pu être plus intense, quand bien même il aurait eu à subir, comme tant d'autres, la déportation, la séquestration ou la confiscation de ses biens. Nul ne peut imaginer sa jubilation quand la rumeur courut – peut-être était-elle sans fondement – que la tombe du leader avait été inondée par les eaux des égouts. Il dansa de joie et proposa qu'on suspendît le cadavre à Bâb Zoueila jusqu'à ce qu'il se desséchât !... Bien qu'il fût cultivé et qu'il eût fait des études à l'intérieur et à l'extérieur du pays, il ne voyait dans la révolution de Juillet qu'un putsch organisé par une bande de brigands dans le but de piller le pays au nom du nationalisme, puis de le laisser en ruine. Sous Sadate, sa situation changea. En effet, avec l'*Infitâh*, il prospéra et s'épanouit. Il démissionna de son poste au ministère, se reconvertit dans l'import-export et se constitua une fortune colossale. Il fit construire pour sa famille un palais à Héliopolis et y vécut comme vivent les rois. Lors de la troisième phase de la révolution – après l'assassinat de Sadate –, la réalité se dévoila à ses yeux, comme jamais auparavant. Il n'adhéra pas à la nouvelle réforme avec l'optimisme qu'elle méritait. La dernière des choses que je l'entendis dire fut : "Je crains qu'il ne soit impossible d'empêcher le navire de couler. Le riche et le pauvre vont se retrouver au même niveau. C'est pour cela que je songe à émigrer sans retour. C'est la fin logique du mouvement de Nasser !"

Les Makki

Voici maintenant la maison de Sâber Makki. Elle était située juste à côté de celle des Gamhi. Sâber Makki était chanteur. Son nom n'était pas inconnu. Il vivait en compagnie de son épouse, de son fils Yousri et de sa fille Wédâd. Cette dernière avait le même âge que moi. Quant à Yousri, il était dans le secondaire. J'ai bien connu la mère et sa fille Wédâd, car elles nous rendaient souvent visite. De cette période, je garde en mémoire la beauté de la fille et la fragilité de la mère qui se plaignait souvent du peu d'argent dont elle disposait pour vivre et du comportement de Sâber.

— Chaque fois que Dieu lui donne un peu d'argent, il le dépense avec ses amis, en donnant un festin et en y invitant n'importe qui. Après quoi, il nous faut vivre à la grâce de Dieu...

Son visage avait un certain attrait, mais la pâleur l'emportait.

Les soirs d'été, Sâber Makki faisait ses vocalises dans le petit jardin situé à l'arrière. Les mélodies traversaient les champs et venaient jusqu'à nous. Il avait une belle voix. Cependant, celle de sa fille était encore plus belle. On l'invitait à chanter, et elle chantait :

Tire les rideaux à nos côtés
De peur que les voisins ne nous blessent.
Ah ! que nous sommes heureux et satisfaits !

Ma mère lui disait, avec bonne humeur :

— Tu es bien la fille de ton père !

Fière d'elle, sa mère répondait alors, rêveuse :

— Elle sera chanteuse, ainsi Dieu me récompensera de ma patience.

Quant au fils, Yousri, il était intelligent et rêvait de devenir médecin. Nous le voyions souvent dans la rue, mais il ne daignait pas nous fréquenter, car il était d'une autre génération. Il était l'ami d'Ahmad effendi Mourâd, le frère de notre ami Abdel Khâleq.

Sâber effendi nous rendait visite et tenait longtemps compagnie à mon père dans notre petit jardin. Je l'entendis une fois lui dire :

— Sâleh Abdel Hayy est un drôle de type. Pourquoi se fait-il appeler Abdel Hayy ? C'est un imposteur qui profite du nom de son oncle maternel Abdel Hayy Helmi et renie son père. Et grâce à cette imposture, sans aucun mérite personnel, il est plus réputé que nous !

Il pestait constamment contre Sâleh, lui enviait sa rapide et éclatante réussite :

— Tout est corrompu dans notre pays, même la chanson. Même le cheikh Ali Mahmoud, expert s'il en est, apprécie ma voix. Mais gagner son pain n'est pas chose facile.

Mon père lui répondait :

— Ta voix est belle, et Dieu est maître de notre gagne-pain. Cependant, tu fumes trop, Sâber effendi…

— Ne t'en fais pas ! rétorquait-il avec détachement.

Il avait enregistré quelques disques, animé quelques noces, mais il ne goûta jamais à la richesse dont il rêvait. Une cascade de malheurs aggravèrent son infortune. Cela commença par la mort de sa femme, des suites d'un accouchement difficile. Ce fut peut-être le premier enterrement auquel j'assistai dans le nouveau quartier. Quand je vis Sâber effendi et son fils pleurer, je pleurai aussi et l'image de la défunte, parlant ou riant, vint planer dans mon imagination. Je levai les yeux vers son cercueil, espérant voir à quoi elle ressemblait maintenant. Les hurlements de Wédâd me firent mal et je haïs l'existence à cause de sa douleur. A l'enterrement, tous les habitants de la rue étaient là – excepté Ihsân bey al-Querbi –, et je vis beaucoup d'artistes.

Les jours suivants, je me mis à observer avec attention Sâber et Yousri, et chaque fois que j'apercevais sur leur visage un sourire, je me disais avec étonnement qu'ils oubliaient déjà…

La mort de l'épouse ne fut pas le dernier malheur de Sâber effendi, comme le lui souhaitèrent les gens en lui présentant leurs condoléances. Dans les années trente, Yousri, alors étudiant en médecine, fut grièvement blessé au cours d'une grande manifestation, brutalement réprimée par les forces de l'ordre. Il fut atteint au ventre par une balle et transporté à l'hôpital Qasr al-Ayni, où il rendit l'âme aussitôt. Sa mort en martyr brisa Sâber. Le jour de son enterrement, des cris et des lamentations accompagnèrent le cortège. La colère contre les Querbi s'accrut, car la mort survint quelques semaines seulement après le festin donné en l'honneur du pacha. Il ne restait à Sâber que Wédâd. Avec le temps, elle gagna en maturité, devint de plus en plus belle, et sa voix de plus en plus douce. Elle faisait battre les cœurs, charmait les yeux et les oreilles. Du temps des radios privées, elle nous surprit en reprenant à la radio *Sabo*, une chanson de Sayyed Darwîch*. J'en fus tout ému et éprouvai une grande joie, comme s'il s'agissait de ma propre réussite. Nous nous sommes dit que cette réussite tombait à point car l'état de santé et la situation professionnelle de Sâber ne cessaient de se détériorer. Puis ils décidèrent de quitter la rue et c'est ainsi qu'un jour, une voiture vint transporter les meubles de la modeste maison vers une destination inconnue.

C'était un jour triste. Il me semblait que notre rue avait perdu un sourire radieux irremplaçable. Sâber abandonna la chanson, si bien que nous n'apprîmes pas à temps la nouvelle de sa mort. Cependant, si le corps de Wédâd avait quitté le quartier, son âme, elle, était toujours avec nous. Wédâd fit son chemin comme jeune chanteuse à la radio et dans les maisons de disques. Elle avait de plus en plus d'admirateurs. Je me demandais

* Sayyed Darwîch (1892-1923) est considéré comme un des plus grands musiciens égyptiens du XXe siècle.

où elle pouvait habiter, comment elle vivait sa solitude, si elle avait oublié ses chagrins, comment son éclatante beauté avait mûri, jusqu'au jour où je vis sa photo sur une affiche de film dans lequel elle partageait le premier rôle avec Mohammad Abdel Mottaleb*. Au plus profond de mon cœur, je me dis qu'enfin allait briller, de tout son éclat, la perle de la rue Al-Radwân et qu'elle finirait par se faire une place au soleil. Je me rappelai avec tristesse Sâber Makki, ses chagrins, sa malchance et les difficultés qu'il avait rencontrées pour gagner sa vie. Je me rappelai aussi ce qu'il avait dit un jour à mon père : "Cette fille va occuper le trône d'Oumm Kalsoum dans le monde de la chanson !"

La compagne de mon enfance continua son ascension et devint très populaire au cours de la Seconde Guerre mondiale. Ma mère, très heureuse pour elle, disait : "Miséricorde et lumière à ton âme, Oumm Wédâd..."

Cependant, la jolie fille oublia la rue où elle était née et les voisins qui avaient été son premier public...

Dans les années cinquante, alors que je visitais les studios Misr, je vis Wédâd tourner la scène d'un film sur le parvis du studio. Il faisait nuit, les projecteurs éclairaient le plateau. Elle se tenait debout, dans une robe de mariée, jouant la scène d'une femme fuyant un mariage qu'on lui imposait. Je la vis dans sa robe de mariée, étincelante de beauté, telle une fleur de jasmin éclose. La terre entière, les gens et les ouvriers étaient envoûtés par cet astre éblouissant. Quand ils eurent filmé la scène et placé les caméras pour en filmer une autre,

* Célèbre chanteur populaire.

Wédâd recula légèrement, accompagnée du metteur en scène et d'autres personnes. Elle n'était plus très loin de moi, mais je ne bougeai pas et ne songeai même pas à le faire. Je n'imaginais pas qu'elle se souviendrait de moi. Spontanément, nos regards se croisèrent. Le sien glissa sur moi, comme si elle ne m'avait pas vu, puis revint vers moi et me fixa. Dans mon trouble, je souris peut-être. C'est alors qu'elle se détacha du groupe, se dirigea vers moi en s'exclamant :

— C'est toi ? Que le monde est petit ! Comment va *téza** ?

Nous nous serrâmes chaleureusement la main et elle se mit à me poser un tas de questions sur les connaissances et les voisins, et moi de répondre comme je le pouvais : les uns avaient déménagé à Héliopolis, une s'était mariée, une autre, Dieu ait son âme, et ainsi de suite… Elle me dit enfin :

— Dieu te pardonne, tu as remué le passé en moi. Il faut que tu viennes me voir, et dès que je le pourrai, je visiterai notre vieille rue.

Il n'en fut rien. Ni je n'y suis allé, ni elle n'est venue. Ce fut une bouffée d'air parfumé, mais elle ne souffla qu'une seule fois. Toutefois, grâce à son art, Wédâd vivait parmi nous, nuit et jour.

Le temps s'écoula, l'automne vint après le printemps et l'été. Puis la même tragédie se répéta, celle dont chacun croit qu'il est le premier à en souffrir. Wédâd vécut jusqu'aux années quatre-vingt. Elle eut la chance de jouir d'une bonne santé, d'avoir beaucoup d'argent, mais nul ne peut rien contre la vieillesse, l'ingratitude et l'oubli.

* "Tante", terme affectueux utilisé pour s'adresser aux femmes d'un certain âge.

Les Qaysoun

Accolée au palais des Querbi se dressait la petite maison de Hassan Qaysoun, fonctionnaire à la Société des eaux. Les femmes de la rue le surnommaient, à cause de son aspect déguenillé, Zabbâl effendi*. J'entendis un jour Karima *hânem*, la femme de Gamâl bey Ismaïl, dire en riant que c'était un mendiant à l'européenne. Il portait un vieux costume élimé, de gros souliers comme des godillots de soldat, un tarbouche défraîchi et trop grand. Il avait le regard lourd, absent, les traits déplaisants. Comme il était veuf, une vieille parente s'occupait de lui. Il avait deux garçons, Ezzat et Raafat, qui avaient le même âge que nous, mais qui étaient bien plus raisonnables. Son aspect déguenillé n'était pas dû à la pauvreté mais à sa grande austérité, et, encore plus, au fait qu'il était près de ses sous. Toutefois, il ne refusa rien à ses deux fils qui étaient toujours bien mis.

Hassan Qaysoun ne visitait ni ne recevait personne, ne souhaitait nullement raffermir les liens avec qui que ce soit, mais faisait toujours son devoir : il suivait les cortèges funèbres, allait voir les malades, laissait sa carte de visite après avoir présenté ses vœux. Ses deux fils, Ezzat et Raafat, brillaient dans notre rue comme deux astres. Leur réussite scolaire était exemplaire. En sport, ils avaient atteint un excellent niveau. Leurs connaissances et leur culture étaient sans égales. De plus, Ezzat était un virtuose du *nây***. Chose étrange, bien qu'ils eussent à peu près le

* "Monsieur l'Eboueur".

** Flûte de roseau.

même âge que nous, ils jouaient le rôle de guides, d'éducateurs et de protecteurs. Ezzat, en particulier, se plaisait à imiter les héros de western courageux et chevaleresques. Si les voyous d'Al-Wâyli nous cherchaient noise, il leur faisait face et leur assenait des coups de poing si vigoureux qu'ils prenaient leurs jambes à leur cou. Par leurs idées démocratiques, Ezzat et Raafat choquaient Hussein al-Gamhi, respectueux de l'esprit de classe, ainsi qu'Abdel Khâleq, attaché, lui, aux coutumes et à la famille. Ezzat était par ailleurs un redoutable débatteur, à l'intelligence caustique. Il était aussi très fort, au point que Hussein, bien que costaud, évitait de se battre contre lui. Ezzat nous dit un jour :

— Il ne suffit pas de réussir ses études et de faire partie du mouvement nationaliste. Le nationalisme ne se résume pas à crier "Vive Saad", mais à être soi-même comme Saad…

Nous le dévisageâmes avec stupeur. Il poursuivit :

— Le sport… L'art… La culture… Le travail… Voilà l'avenir de notre pays…

Ma vie durant, je n'ai rencontré personne d'aussi brillant, curieux, droit et noble de caractère qu'Ezzat et Raafat. Ils avaient une influence – et quelle influence ! – sur l'intérêt que nous portions à la lecture, au sport, à l'art et aux grands idéaux. Que de fois Ezzat nous dit :

— Nos ennemis ne sont pas uniquement les Anglais et le roi, mais aussi l'ignorance et les superstitions…

Je suis convaincu aujourd'hui que Hassan effendi Qaysoun était un bon éducateur et un homme de grande valeur, malgré son aspect déguenillé. Avec le temps, nous apprîmes même à ne plus le traiter d'avare et de parcimonieux.

Il était regardant pour lui-même, afin de subvenir aux besoins de ses fils en livres, revues, loisirs et vêtements décents. Ainsi, il put les inscrire aux facultés de médecine et d'architecture, ce qui était impossible pour les gens de condition modeste. Dans les années trente, Ezzat devint médecin, et Raafat architecte. Un an plus tard, Hassan effendi mourut, après avoir accompli son devoir et réalisé son rêve. Les deux jeunes gens partirent poursuivre leurs études en Angleterre, et la petite maison resta fermée. Nous les perdîmes de vue mais nous glanions leurs nouvelles à travers ce que les gens racontaient à leur sujet. C'est ainsi que nous apprîmes qu'Ezzat était devenu un spécialiste de renom en médecine générale et que son frère avait accédé au poste de doyen de la faculté d'architecture. Dans les années soixante, je fus un jour obligé de consulter un médecin ; je décidai alors d'aller voir mon vieil ami Ezzat Qaysoun. Il me reconnut tout de suite, me prit dans ses bras, m'accorda toute son attention et me combla par sa grande humanité. Nous parlâmes, simplement, du passé, de la rue Al-Radwân et des amis de notre tendre enfance. Défilèrent alors les souvenirs des vivants et des morts. Je notai également que sa vieille appartenance au Wafd l'avait empêché de bien comprendre la révolution de Juillet. Il avoua ses côtés positifs, survola ses côtés négatifs, puis il dit :

— Mais où est le peuple ?... Il est, chaque jour, de moins en moins présent.

Je répondis avec candeur :

— Comme si nous étions devenus une grande puissance !

Il répliqua en souriant :

— Une grande puissance sans peuple est impuissante !

Je l'aperçus une dernière fois à l'enterrement de Moustafa al-Nahhâs. Puis j'appris la nouvelle de sa mort subite dans la rubrique nécrologique, vers la fin de l'année de la défaite maudite. Quant à Raafat, je ne sais actuellement rien de lui…

Les Hassaballah et Farag

La deuxième petite maison de la rue était accolée à celle des Makki. Le rez-de-chaussée était une boulangerie de pain traditionnel, le premier étage, un petit appartement, et le second étage était divisé en deux : d'un côté un appartement et, de l'autre, une terrasse ombragée d'une tonnelle de lierre. Le propriétaire de tout l'édifice était le *maallem** Hassaballah. Je ne lui connais ni titre ni sobriquet. Il était le patron de la boulangerie et occupait le second appartement avec sa femme de laquelle il n'a pas eu d'enfants. La nature ne l'avait pas gâté : petit de taille, très gros, le regard lourd et la voix caverneuse, il fardait toujours ses yeux de khôl. Personne n'a jamais vu sa femme.

Avec ses ouvriers, il avait la main leste ; c'est pourquoi le travail marchait comme sur des roulettes. La tâche de Hassaballah se limitait à faire cuire le pain des habitants de notre rue et celui des rues avoisinantes comme Bayn al-Ganâyen et Abou Khôda, suivant la coutume de l'époque qui voulait que chaque famille pétrît sa pâte et l'envoyât au four, puis son

* Maître, patron ou chef de quartier.

pain lui revenait tout chaud, bien doré et odorant. Pour les fêtes, les familles envoyaient aussi au four les petits biscuits sucrés et les gâteaux au beurre, et selon la coutume, les galettes que l'on distribue en mémoire des morts dans les cimetières. *'Amm* Hassaballah était connu pour consommer de la drogue, mais, en tant que boulanger, il avait une très bonne réputation. Ce qui était surprenant, c'est qu'on ne le voyait jamais hors de chez lui. Il est mort au début de la guerre. Le four a fermé ses portes et les coutumes ont changé. On achète maintenant le pain chez l'épicier et les gâteaux chez le pâtissier.

Quant au petit appartement sur le toit, il était habité par *'amm* Farag, le marchand de confiseries et de glaces, et son épouse. Il avait eu plusieurs fils et une fille, mais il ne lui restait plus que la fille. C'était un homme sympathique qui chantait sa marchandise, comme de nombreux marchands avaient l'habitude de le faire à l'époque. Il prétendait connaître l'histoire de la rue et de ses habitants et racontait des anecdotes sur les uns et les autres, hommes ou femmes. Ainsi, il prétendait que le bâtiment de la boulangerie fut le premier à être construit dans la rue, quand le mètre carré de terrain ne valait qu'un *mellime** !

Il aimait rire, était jovial, et, avec chaque famille, il entretenait de bonnes relations, comme s'il en faisait partie. *'Amm* Farag mourut juste avant la guerre, et sa fille, Bassima, prit la relève et s'occupa de la voiture de colporteur. Elle alliait à la force une certaine beauté. Elle épousa un marchand ambulant de fruits. Je ne sais comment son activité s'étendit au commerce de la ferraille

* Sous-division de la livre égyptienne.

pendant la guerre. Quand son commerce devint prospère, elle abandonna sa voiture de confiseries et de glaces, loua un petit garage dans le quartier qui devint le centre de son activité et y associa son mari pour l'aider. Plus tard, elle loua un nouvel emplacement sur un terrain vague qui avait remplacé les champs et le recouvrit de carcasses de matériel militaire de l'armée britannique. Elle devint une *maallema*, au vrai sens du mot. Elle continua à s'enrichir, de plus en plus, et à acquérir des biens. C'est ainsi qu'elle acheta la maison abritant la boulangerie, fit construire un immeuble à sa place, fit de même avec la maison des Ismaïl et enfin avec celle des Gamhi. Quant à elle, elle s'installa dans un appartement moderne de la rue Al-Abbasseyya. Après la révolution, sous l'*Infitâh*, son activité prit de l'envergure. Aujourd'hui, Bassima est une vieille femme riche dont les fils ont réussi. Et, en raison de sa force, de sa fermeté et de sa réussite, nos amis d'Al-Abbasseyya la surnomment "Mrs Thatcher" !

Les Chokri Bahgat

La maison des Chokri Bahgat suivait celle de Hassan Qaysoun. La famille se composait de Chokri effendi, de Némât *hânem*, de Sâmeh et d'Amina. Sâmeh, avec qui nous entretenions une relation amicale, avait le même âge que nous. La famille se distinguait par son refus des coutumes et par sa révolte contre l'ordre établi, sans toutefois se détourner des vraies valeurs morales. Chokri et Némât formaient un couple très uni, considéré comme un modèle d'amour et de concorde. Chokri était fonctionnaire au ministère de l'Intérieur ; quant à Némât, elle avait obtenu le certificat d'études primaires.

L'homme était agréable à regarder et avait de la prestance ; son épouse rivalisait de beauté avec la femme de Gamâl bey Ismaïl. Elle a peut-être été la première à Al-Abbasseyya à sortir dévoilée, avec l'accord de son époux. "Le chef de la nation lui-même accepte le dévoilement. Il nous faut donc suivre notre époque…", disait-elle à ma mère en riant.

Amina pour sa part ne porta jamais le voile. Elle allait dévoilée, seule ou avec sa famille, quand elle rendait visite aux uns ou aux autres. Alors qu'elle était étudiante dans le secondaire, elle se fiança et sortit en tête à tête avec son fiancé. La famille ne prêtait pas attention aux commentaires des gens et n'avait pas l'habitude, d'ailleurs, de faire grand cas des propos de quiconque.

Sâmeh nous disait toujours : "Les gens ?… Qu'ils sont bêtes !"

C'était son adage, qu'il répétait chaque fois que lui parvenait l'opinion de quelqu'un sur leur comportement.

"Nous vivons dans une toile d'araignée, prisonniers de nos coutumes stupides…", disait-il.

Puis il s'adressait à Hussein al-Gamhi et surtout à Abdel Khâleq Mourâd : "La différence entre nous, face à certaines coutumes stupides, c'est que vous les pratiquez, bien que vous ne soyez pas capables de les défendre. Quant à nous, nous les jetons avec courage dans la poubelle…"

Après avoir obtenu le baccalauréat, Amina se maria. Son frère était d'avis qu'elle aurait dû poursuivre des études universitaires, mais elle avait préféré l'amour et choisi le mariage.

Cependant et malgré tout, Chokri effendi était un homme pieux. On le voyait souvent, le vendredi, quitter la mosquée Al-Bayyoumi après la prière. Au début des années trente, il accomplit le pèlerinage à La Mecque. A son retour, sa femme le reçut avec les décorations d'usage et fit dresser, devant la maison, un dais où l'on fêta son retour, toute la nuit, avec récitations du Coran et *zikr*. Le cheikh Ali Mahmoud, par sa voix mélodieuse, charma l'assistance jusqu'à l'aube. Malheureusement, Chokri effendi mourut cette année-là, à la suite d'une maladie qui l'emporta en peu de jours. Dans l'avis de décès qu'elle fit publier, la famille fit savoir que les condoléances se limiteraient à suivre le cortège funèbre. Cela n'était pas monnaie courante à l'époque mais n'empêcha pas les parents et les amis de se rendre au domicile de la famille du défunt pour écouter psalmodier le Coran. Lorsqu'ils se déplacèrent pour présenter leurs condoléances, ils trouvèrent porte close et la maison vide. Ils furent stupéfaits, voire irrités. Ils ne s'expliquaient pas ce comportement venant d'un couple qui avait la réputation d'avoir été uni par l'amour et la concorde. Cette fois, les critiques s'élevèrent et prirent des proportions considérables. Lorsque nous nous réunîmes comme à l'accoutumée, Sâmeh dit :

— L'affliction est dans les cœurs, non sous le dais. Nous ne croyons pas à ces coutumes. Et que font ceux qui présentent les condoléances à part deviser comme s'ils étaient au café ? C'est pour cela que nous avons quitté la maison et que nous nous sommes isolés, dignement, sans cérémonie ni rituel...

Malgré l'admiration d'Ezzat Qaysoun pour ces nouvelles initiatives, il objecta prudemment :

— Il n'y avait pas de mal à rester avec toi ce soir-là. Je ne vois pas l'absurdité de la chose.

Puis il reprit :

— Cependant, je ne te blâme pas et je ne blâme personne…

Quant à Abdel Khâleq, il me murmura :

— C'est une famille de fous !

— Maudits soient-ils ! Ils n'ont pas voulu dépenser un sou pour saluer la mémoire de l'homme, murmura aussi Hussein al-Gamhi.

Mais l'incroyable surprise survint deux ou trois ans plus tard. Sâmeh avait terminé ses études, trouvé un emploi et s'était marié très vite après. Quelle était donc la surprise ? Némât *hânem* avait épousé, en secondes noces, un homme de son âge ou même plus jeune qu'elle. La nouvelle s'était ébruitée et avait été confirmée ! Némât *hânem* approchait de la cinquantaine. Bien sûr, elle était toujours en bonne santé et avait gardé un charme indéniable. Mais cela justifiait-il le remariage ? Elle ne trouva personne, ni parmi les femmes mariées ni parmi les divorcées ou les veuves, pour défendre sa conduite, comme si ce mariage n'était pas légitime. Pour notre part, nous avions décidé, par compassion pour notre cher ami, d'ignorer la question ; cependant, c'est lui qui l'aborda et dit avec sa simplicité provocatrice :

— Le prétendant s'est ouvert à moi en premier pour me demander mon autorisation. En vérité, j'ai accueilli sa demande avec joie…

Hussein al-Gamhi s'écria :

— Avec joie ?

— Je n'ai pas eu le courage de la laisser seule. Et d'ailleurs, pourquoi fallait-il refuser ? Elle est belle, pleine de vie et se porte très bien. Peut-être ai-je rencontré quelques difficultés à la convaincre, mais je lui ai dit que c'était raisonnable et légitime !

Abdel Khâleq demanda :

— Et le regretté ?... N'a-t-il rien à voir dans l'affaire ?

— Le regretté est dans nos cœurs. Il n'a plus rien à voir dans notre vie. La mort n'est pas entre nos mains, et nous sommes tenus de respecter la vie...

On demanda mon avis, en aparté. Je répondis :

— Je suis partagé entre l'admiration et la gêne...

Nous pouvons considérer que Sâmeh était de la même école qu'Ezzat et Raafat, avec, en plus, une exubérance excessive. Bien qu'il se fût dirigé vers des études scientifiques à l'école et à l'université, il était un excellent musicien, passionné de théâtre et de culture. Il appelait à la modernisation par les sciences, l'industrie et la culture. Sa vision des choses s'inspirait de la volonté du khédive Ismaïl de faire de l'Egypte un pays à l'image de l'Europe.

Ezzat et Raafat partageaient son admiration pour la modernité, mais avec plus de mesure, et tout en manifestant de l'intérêt pour notre civilisation, pharaonique et islamique. Sâmeh n'était pas de ceux qui considéraient la civilisation occidentale comme étrangère. Cette civilisation, selon lui, n'était appelée occidentale que parce qu'elle avait pris naissance en Occident. En réalité, elle était le fruit ultime de l'arbre des civilisations humaines que tous les hommes avaient contribué à planter.

— Aujourd'hui, il n'y a de science que sa science, de littérature que sa littérature, d'art que son art, de philosophie que sa philosophie...

Gamhi lui dit :

— Je mourrai avant d'apprécier sa musique. Cela pour ne citer qu'un exemple parmi d'autres...

— C'est une question de formation, et rien de plus ! Quant à invoquer notre patrimoine, cela n'a aucun sens. Bien sûr, il a été un jour le fruit d'une civilisation vivante, en plein essor, mais il est dépassé maintenant par le temps, et n'est plus que vieille guenille !

Bien qu'il ne portât pas le chapeau, Sâmeh était un *khawâga**, en raison de l'ambiance familiale, de ses lectures, des centres culturels étrangers qu'il fréquentait, de ses nombreuses amitiés avec des Anglais et des Français. Et bien que le mouvement nationaliste se fût propagé, son engagement restait tiède. Je ne me souviens pas qu'il se soit intéressé un jour à nos rivalités partisanes. Et malgré les objections et les critiques qu'il soulevait, il ne faisait pas grand cas des opinions d'autrui. Je n'ai jamais connu d'homme aussi courageux que lui. Diplômé de la faculté des sciences, il enseignait dans les lycées. Il ne tarda pas à épouser une enseignante, diplômée de la faculté de lettres, et ayant vraisemblablement le même âge que lui. Il élut domicile dans la rue Al-Abbasseyya. Cependant, ses relations avec nous ne se relâchèrent pas pour autant. Son salon devint un lieu où se retrouvaient quelques compagnons et quelques étrangers triés sur le volet qui avaient le même genre de vie que lui. Il jouait du piano avec brio, donnait des conférences dans des associations progressistes ou commentait certains films. Mais ses talents ne le conduisirent pas plus loin que ces activités-là.

* Titre donné aux étrangers et aux commerçants non égyptiens et non musulmans.

Quand la révolution de Juillet éclata, il l'observa avec circonspection. Il pencha pour elle, louant l'impulsion qu'elle donnait à l'industrie. Or c'était pour lui la pierre angulaire de la civilisation moderne. Entre-temps, il eut quatre filles, et, quelques années plus tard, un fils, son dernier. Les filles firent des études, eurent un emploi et se marièrent. Le garçon, lui, fut admis à la faculté de médecine quand Sâmeh prit sa retraite, dans les années soixante-dix. Personne ne s'attendait à la surprise, plutôt aux ennuis que son fils lui réservait. Je vais vous raconter les faits tels qu'il me les a rapportés.

Le fils s'appelait Chokri, comme son grand-père. Il était beau, sportif, en avance dans les études. Sâmeh l'aimait plus que tout au monde et, grâce à cet amour qu'il lui vouait, il remarqua un jour que le jeune homme n'était pas comme à l'accoutumée. Sa gaieté avait disparu, il avait tendance à se replier sur lui-même, jetait sur ses parents des regards étranges. Peut-être était-ce une simple crise d'adolescence, ou un chagrin d'amour. Sa mère interrogea alors son mari :

— Sâmeh, qu'a donc Chokri ?... Il ne me plaît pas...

— Il ne me plaît pas non plus. Il faut avouer que c'est quand même une drôle de génération...

— Pourtant nous l'avons élevé dans la liberté et la franchise...

— Sois indulgente et patiente ! C'est une génération qui souffre des séquelles de la défaite, du coût de la vie et qui voit son avenir sans issue...

— Tu devrais l'amener à parler...

— J'espère qu'il parlera tout seul !

Et il parla. Il quitta sa chambre où il avait son lit et son bureau pour la salle de séjour où ses parents regardaient la télévision. Il appuya sur l'interrupteur et éteignit le poste. Il prit une petite chaise, s'assit devant ses parents, et dit :

— Une question me préoccupe.

Sâmeh dit, avec quelque sérieux :

— Mais tu as arrêté le poste sans notre permission ?

— Désolé, mais j'ai une excuse car un problème me tourmente.

— Admettons, quoique je n'approuve pas ces manières. Qu'as-tu ?

— Pourquoi ne faites-vous pas vos prières ?

La surprise les laissa bouche bée. Un silence s'installa dans lequel s'engouffra le bruit du vent d'automne qui soufflait à l'extérieur. C'était une question à laquelle ils ne s'attendaient nullement !

— Et vous n'avez jamais jeûné pendant le ramadan ?

Puis, sur un ton plus haut :

— Et, à chaque soirée que vous donnez dans ce salon, vous servez de l'alcool et vous en buvez !

Que répondre ? Ils n'étaient ni croyants ni pratiquants. Ils ne pensaient de la religion ni du mal ni du bien. Ils ne s'en préoccupaient pas, voilà tout. Aucune philosophie là-dessous. Ils ne s'imaginaient pas que Dieu prêtât attention à ceux qui boivent de l'alcool ou à ceux qui se l'interdisent. C'était ainsi que les choses se passaient, sans réflexion et sans histoires. Ils ne faisaient de tort à personne, et ne permettaient à personne de s'immiscer dans leur vie privée. Cependant, l'intervenant était leur fils unique. Il posait sa question en toute liberté, mais ils n'avaient pas, eux, la liberté de répondre, et en plus, ils sentaient que la réponse devait respecter certaines limites. Ils échangèrent un regard, un regard de désarroi et de détresse. Comme le silence se prolongeait, le jeune homme demanda :

— N'êtes-vous pas musulmans ?

— Evidemment, répondit Sâmeh.

— Musulman n'est pas simplement un mot. Etre musulman est une profession de foi et une ligne de conduite.

— Le musulman est musulman, de toute façon, répondit maladroitement Sâmeh.

— Non, tu es musulman ou tu ne l'es pas.

— Est-ce ton opinion ?

— Oui, depuis que Dieu m'a guidé dans Sa voie.

— Fais-tu partie de ces courants dont on parle ? lui demanda sa mère, inquiète.

— Dieu m'a guidé dans Sa voie !

— C'est une voie très dangereuse.

— C'est le chemin de Dieu, et rien, à part cela, n'a d'importance…

— Tu ne nous as jamais parlé sur ce ton ! rétorqua Sâmeh, irrité.

— J'étais dans l'ignorance.

— Je ne te permets pas de me parler de la sorte !

— Regarde ! Tu m'as toujours encouragé à être franc et sincère, et voilà que tu ne supportes pas qu'on te contredise…

— Que chacun poursuive son chemin comme bon lui semble !

Le jeune homme répondit, résolu :

— Impossible. Le Prophète – que la Bénédiction et le Salut de Dieu soient sur lui ! – a dit : Quiconque parmi vous rencontre un vice, qu'il le corrige avec sa main. S'il ne le peut pas, qu'il le fasse avec sa langue. S'il ne le peut pas encore, qu'il le fasse avec son cœur.

Ils n'avaient pas entendu ce *hadîth** auparavant. Ils se turent en y réfléchissant, puis Sâmeh lui demanda, ironique :

— Et qu'as-tu choisi ?

* Propos que la tradition musulmane attribue au Prophète.

Il répondit, ému :

— Je suis partagé entre le devoir et l'amour filial.

Sâmeh soupira et, pour clore cette discussion pénible :

— Chokri, concentre-toi maintenant sur tes études difficiles. Quand tu pourras voler de tes propres ailes, tu feras de ton âme ce que tu voudras. Notre famille ne s'est jamais appuyée sur la force ni n'a exercé de contraintes.

Il croyait avoir évité le pire, en attendant de reprendre ses esprits. Quand il se retrouva seul avec sa femme, il lui dit :

— Il parle en s'appuyant sur la religion et le patrimoine culturel. Comment pouvons-nous discuter avec lui ?

Elle répondit, perplexe :

— Nous ne pourrons pas lui dire qu'il a tort, ni le convaincre que nous sommes dans le vrai.

— Voilà tout le problème !

Son impuissance l'agaça. Il dit comme pour défendre sa dignité à ses propres yeux et aux yeux de sa femme :

— Si j'avais une opinion précise en matière de religion, je la lui aurais balancée au visage !

Pour la première fois, une question jaillit du néant. Qu'est donc une opinion précise en religion ? Il lui semblait qu'il croyait en Dieu et il croyait aussi que Dieu n'était pas concerné par sa liberté personnelle, que les obligations religieuses n'avaient aucun sens, que le vin faisait du bien, donnait du plaisir, du moment que la santé pouvait le supporter. Mais il était tout à fait convaincu qu'il ne pouvait en parler franchement avec son fils. Il n'aurait jamais imaginé qu'il affronterait un jour une situation aussi délicate.

Il dit à sa femme :

— Il exige que nous renoncions à ce qu'il y a de plus beau dans notre vie…

Elle opina du chef, sans desserrer les dents. Il continua :

— Comment pouvons-nous poursuivre notre vie sans ennuis ?

Comment allaient-ils continuer à vivre comme d'habitude, sous le regard de leur fils ?

Ce qui les inquiéta davantage, c'est que leur fils s'appliqua à les éviter complètement. Il était soit à la faculté, soit à la mosquée du quartier, soit dans sa chambre. Il prenait ses repas à la cuisine. C'était une rupture totale. Eux-mêmes, malgré leur peine et leur chagrin, préféraient cela à une autre confrontation pénible. S'il avait pu s'opposer toute sa vie à ses détracteurs, avec un détachement total, Sâmeh ne pouvait le faire chez lui, avec son fils. C'était un malheur qui n'allait pas s'apaiser avec le temps, mais qui devait se compliquer et s'aggraver, laissant présager une issue funeste.

— Tu as troublé ma sérénité, sois maudit !

Sâmeh dut désormais donner ses soirées chez les amis, loin de son fils, de peur que ce dernier n'eût un comportement stupide qui l'aurait mis dans l'embarras devant ses invités. Il était furieux contre ces courants extrémistes et les considérait comme ses pires adversaires. La vie suivit son cours, dans cette ambiance sinistre, jusqu'à ce qu'elle lui envoyât une dernière surprise. On lui annonça un jour que Chokri venait d'être arrêté, à la suite d'une rixe sanglante avec la police, et qu'il était accusé de meurtre. Sâmeh prit conscience qu'il avait perdu son unique fils sur qui il avait fondé tous ses espoirs. Il se mit à la recherche d'un bon avocat, le paya avec l'argent de ses économies et de la vente des bijoux de sa femme. Le jeune homme refusa de rencontrer ses parents et les renia. Dès lors, ils perdirent totalement le goût de vivre. Les mois qui précédèrent le procès furent les pires moments de leur existence. Le jeune homme fut condamné à mort et pendu. Et le rideau tomba sur cette tragédie sanglante.

Qu'advint-il de mon ami après cela ?

Il faisait l'impossible pour ne pas se laisser submerger par la tristesse en public, feignait d'accepter le fait accompli et de surmonter ses épreuves. Il refusait d'abandonner une seule de ses opinions. Cependant, je sentais qu'il luttait constamment contre une peine profonde, aiguë, qui, telle une ombre, ne le quittait plus. Il me dit un jour, sur un ton moqueur :

— La bonne femme a commencé à prier, à jeûner et à apprendre les principes de la religion dans les livres de l'école élémentaire !

Pour la première fois de notre longue vie, je sentais qu'il nous cachait des choses qui le tourmentaient au plus profond de lui-même et que, de toute façon, il n'était plus le même homme…

Les Sennâwi

Le cheikh Sennâwi était le voisin direct des Chokri Bahgat. Imam de la mosquée Al-Kômî, il avait la réputation, grâce à son âge vénérable et à sa piété, d'être une source de bénédiction. Il vivait avec son épouse, très âgée elle aussi, et son fils unique, Mohammad, notre ami. Nous apprîmes que la mère de celui-ci était la seconde femme du cheikh. Il l'avait épousée à un âge avancé, après avoir perdu sa première femme et tous ses enfants, se soumettant en bon musulman à la volonté divine. Mohammad était donc leur fils unique, le centre de leur attention et de leur amour, l'enfant gâté de la famille, et cela malgré tout. Je dis malgré tout parce que si nous devions l'évaluer d'après son visage, nous dirions qu'il était le frère jumeau d'un singe. En outre, on lui donnait dix ans de plus que nous, alors que son certificat de naissance attestait qu'il avait notre âge. Et bien que l'enseignement religieux condamne ceux qui se moquent de leur semblable pour une tare ou une disgrâce physiques, considérant que tout homme, quel qu'il soit, est l'œuvre du Tout-Puissant, nous transgressions la loi divine et cédions à la tentation de l'ironie, riant ostensiblement de sa laideur. Ce qui nous incitait à le faire était son indulgence, sa patience et sa faculté exceptionnelle de répondre à la moquerie par la moquerie. Nous ne nous expliquions pas sa laideur car le cheikh Sennâwi était plus ou moins acceptable. Nous étions donc tous d'accord pour faire endosser la responsabilité à la mère – que nous n'avions jamais vue.

La chance de Mohammad dans la vie ressemblait à son visage : ses moyens d'existence étaient limités, et le furent encore plus après la mort de son père. Ayant peu d'aptitudes scolaires, il ne réussit même pas à obtenir son certificat d'études ; il échoua même à l'examen de calligraphie et il jouait très mal au football. Cependant, il s'imaginait toujours qu'il était le génie de son temps. “Mais tu n'as aucune expérience de la réussite !” lui disions-nous. A quoi il répondait, goguenard : “Quel rapport y a-t-il entre la réussite et l'intelligence ? Vous réussissez bien, vous, alors que vous êtes une bande de crétins !"

Des amis de son père s'activèrent tant pour lui trouver un emploi qu'il fut affecté à un petit poste de fonctionnaire hors cadre dans les *waqf*. Quand sa mère sentit que la fin était proche, elle le maria à une vieille fille qui lui était apparentée. Nous avions tous estimé que celle-ci était plus âgée que lui, même par rapport à son âge supposé, bien supérieur à son âge réel. Son mariage fut néanmoins une réussite et il se vantait de sa virilité exceptionnelle. S'armant de patience, il se contenta du minimum vital et Dieu le gratifia d'un fils, avant le retour d'âge de sa femme.

Comme nous, il fréquentait le café et il essuya, là aussi, quelques déboires aux échecs, aux dominos et au trictrac. Mais il n'admit jamais son inaptitude et tint la malchance pour unique responsable de ses échecs. De toutes ses tares, la malchance était d'ailleurs la seule qu'il reconnaissait. Cependant, il était le premier à en rire, toujours de bonne humeur…

La vie s'écoula tant bien que mal, modeste et difficile, jusqu'à la Seconde Guerre mondiale. Un vent de changement souffla sur le pays et la vie devint de plus en plus chère. Submergé d'amertume, Mohammad passait sa colère sur tout, en quoi il ressemblait à Abdel Khâleq Mourâd. Mais alors que ce dernier contestait tous les hommes politiques, Mohammad concentrait ses attaques sur ceux qui gouvernaient, se rangeant toujours du côté de l'opposition. Aujourd'hui wafdiste, demain royaliste, peu importait. Ses coups étaient toujours portés contre les hommes en place ! Il disait cette phrase, qui devint célèbre tant il la répétait : "Il y aura un bain de sang !", annonçant une révolution sanglante qui déboulonnerait les riches et les hommes au pouvoir. Quand les attaques aériennes s'intensifièrent et que, nuit après nuit, nous nous retrouvions dans l'abri souterrain, nous lui dîmes :

— Ta prophétie va se réaliser et le sang va couler, mais ce sera le nôtre, non celui des riches et des hommes au pouvoir !

Absorbé par la récitation du verset *Al-Kursî**, comptant sur sa baraka pour conjurer le mauvais sort, comme le lui avait enseigné son père, il ne faisait pas attention à nos commentaires. Je n'oublierai jamais sa jubilation, après l'incendie du Caire, et ce qu'il dit avec un sourire qui dévoila ses chicots :

— Les premières gouttes annoncent l'averse !

C'est pourquoi, quand la révolution de Juillet éclata, et qu'elle mit en œuvre ses remarquables réalisations sociales, il la considéra comme un miracle accompli pour ses beaux yeux. Son moral était au plus haut.

Hussein al-Gamhi lui demanda :

— Quel profit en as-tu tiré, toi, *'amm* Mohammad ?

Quoi qu'il en soit, son fils, Mohammad Mohammad al-Sennâwi, fut admis à l'Ecole militaire, ce qui en soi tenait du miracle. Il obtint le grade de sous-lieutenant, et, ainsi, *'amm* Mohammad devint le père d'un officier de l'armée. La terminologie militaire envahit alors ses propos si bien que nous l'admîmes comme membre de notre état-major général… Mohammad – Mohammad le deuxième, comme nous l'appelions – fit la campagne du Yémen. Nous nous demandâmes si le sort serait funeste à

* Coran, II, 255.

notre ami et si le rêve s'évanouirait. En vérité, nous priâmes pour le retour du fils sain et sauf, par amitié pour son père malchanceux. Nous comprîmes, alors, combien était grande notre affection pour ce vieil ami. Dieu le préserva du malheur. La situation du fils s'améliora, et la vie devint plus aisée pour le père et sa famille. Par solidarité paternelle, Mohammad prit politiquement position, pour la première fois de sa vie. Il fut ainsi affligé par la défaite maudite du 5 Juin. Toutefois, il eut la chance que son fils ne participât pas aux combats, sa brigade étant arrivée en Egypte après la bataille.

Dans les années soixante-dix, Mohammad prit sa retraite et, enfin libre, passa le plus clair de son temps au café. Son fils participa à la traversée du canal de Suez, le 6 octobre, échappa à la mort et obtint la médaille du courage, hissant son père au faîte du bonheur. Aujourd'hui, le fils occupe un poste éminent dans l'armée, et le père jouit d'une vieillesse paisible et d'une vitalité qu'on lui envie. Il nous dit un jour, pris d'une lubie, comme le sont souvent les retraités : "Que pensez-vous de cela ? J'ai composé un *zagal** !"

Nous fûmes surpris car, durant toute notre vie, nous n'avions pas perçu chez lui le moindre intérêt pour n'importe quel art. Il sortit une feuille de sa poche et se mit à nous réciter son *zagal*. Et voilà qu'un commentaire fusa, accompagné d'un gros rire :

— Ecoute, *'amm* Mohammad, nous avons vécu avec ta laideur et ta folie, et, par amitié pour toi, nous les avons aimées. Mais toute chose a ses

* Poésie en langue dialectale.

limites. Reprends tes esprits et implore l'aide de Dieu contre Satan, le Maudit… !

Il éclata, à son tour, d'un gros rire :

— C'est le destin des précurseurs !

Les Fangari

A côté de la boulangerie, se dressait la maison de Fangari, tailleur à l'européenne dont l'échoppe se trouvait vers le milieu de la rue Al-Abbasseyya. Sa famille se composait de l'épouse, de la fille qui s'était mariée avant leur installation dans la rue, et de deux garçons, Hassan et Hussein, nos deux amis. Sa situation était confortable et il possédait deux immeubles. Ses deux fils, Hassan et Hussein, se ressemblaient : tous deux avaient le même teint clair, les traits réguliers, étaient grands de taille et élancés. A part l'aspect physique, ils étaient totalement à l'opposé l'un de l'autre.

Hussein, le plus jeune, était l'exemple même du sérieux, de l'application et de l'excellence. Spontanément, ses relations avec Ezzat, Raafat et Sâmeh s'affermirent. Il avait le même intérêt qu'eux pour la culture et une même vision des choses, avec, en plus, un engagement plus marqué pour le nationalisme, qui le porta à la tête du comité des étudiants wafdistes d'Al-Wâyli. Il fut admis à la faculté de médecine au début des années trente, se spécialisa en chirurgie et devint, plus tard, un des plus grands chirurgiens de son époque. A cause de sa profession, il se détacha de nous et nous ne nous vîmes plus qu'aux grandes occasions.

Quant à Hassan, on aurait dit qu'il était né pour jouer le rôle de bouffon. Sa personnalité était étrange. Personne n'a jamais réussi à en découvrir le secret. Je ne me souviens de lui que mort de rire. Il riait quand il entendait une blague ou quand il en racontait une. Il riait aussi bien dans les situations comiques que sérieuses. Dans les noces, il faisait du tapage et s'époumonait à crier. Aux obsèques, il profitait de moments d'inattention pour se moquer des attitudes d'affliction et raconter des blagues sur la mort et les morts. On évitait de s'asseoir à côté de lui. Je ne le connus jamais sérieux, ne serait-ce qu'une fois. Légèreté d'esprit, désinvolture ou tare ? Dieu seul le sait…

Son comportement contrariait souvent Hussein qui, sévère, lui faisait remarquer qu'il y avait des choses convenables et d'autres pas. Hassan le mitraillait alors de quelques blagues tant et si bien que son frère finissait par devenir notre risée. Hussein recourait à l'arbitrage de son père, mais en vain. Fangari n'espérait plus rien de Hassan. Cependant, malgré cela, ou peut-être à cause de cela, il lui vouait une grande affection. Quand le plus jeune s'inscrivit à la faculté de médecine, alors que l'autre vacilla et chuta plus d'une fois devant l'obstacle du baccalauréat, l'homme décida de l'envoyer en France, en "mission spéciale" : "Reviens avec n'importe quel diplôme !" lui dit-il.

Nous fîmes nos adieux à notre joyeux compère au cours d'une soirée mémorable, et il partit pour la France. Plus tard, il nous raconta comment il avait passé son temps à Paris, tel un notable, avec seulement quinze livres en poche qui lui suffisaient pour mener la belle vie, dans les cabarets et les maisons closes.

Nous apprîmes d'étranges choses à son sujet ; il aurait été engagé comme chanteur dans certaines boîtes de nuit. En vérité, nous ne lui connaissions aucun talent pour le chant, nous ne comprîmes donc pas comment sa voix s'était faite à la mélodie française et comment il avait pu trouver quelqu'un pour le reconnaître comme chanteur ou même pour l'écouter. J'aurais tant aimé le voir sur scène et voir comment il se comportait avec le directeur de la boîte et avec ses collègues ! Avait-il réussi à se retenir de rire quand il chantait ? En tout cas, il devait être un chanteur quelconque, autrement sa vie aurait pris un tout autre cours. Quand les signes avant-coureurs de la guerre se manifestèrent, il revint en Egypte. Et il revint tel qu'il était parti, Seigneur, tel que Tu m'as créé, sans diplôme ni fortune ! Même ce qu'il avait appris du français n'était que le français de la rue. Le bouffon qu'il était, badin, aimable, jovial, insouciant et ne s'embarrassant d'aucun problème, reprit avec nous ses vieilles habitudes. Ses relations avec son frère se rompirent totalement, sans regrets de part et d'autre. Sa vie s'écoula, entre le café et les cabarets, entre l'alcool et la drogue.

Pendant la guerre, il vécut une expérience pénible dans une salle de cinéma. La malchance voulut qu'il s'assit aux côtés d'une jeune fille accompagnée de ses parents. Profitant de l'obscurité, il essaya de la peloter, mais il dépassa les bornes, si bien que la fille hurla et que le scandale éclata. Il fut incarcéré pendant un an ou deux, je ne m'en souviens plus très bien.

Fangari mourut alors que Hassan était en prison. Quand celui-ci fut libéré, il hérita d'une petite fortune qui lui assura une vie confortable. La prison n'avait rien changé à son caractère.

Plié de rire, il se mit à nous raconter l'incident, comment cela s'était passé dans l'obscurité, comment son père avait tenté d'arranger les choses en proposant le mariage à la fille, comment le père de celle-ci avait refusé avec dédain... Il nous parla beaucoup de la prison et nous en narra des anecdotes, comme s'il revenait du théâtre d'Al-Rihâni* ! Il continua sa vie de bouffon, jovial et insouciant, sa vie d'ivrogne et de *haschasch***, jusqu'à ce qu'il fût pris d'un malaise cardiaque dans les années cinquante, alors qu'il se soûlait au *Parisiana*. Il fut transporté chez lui et rendit l'âme au milieu de la nuit.

La nouvelle nous surprit, comme si nous n'acceptions pas que des gens comme lui puissent mourir. Nous nous rappelâmes alors les milliers de rires qu'il avait déclenchés et nous sombrâmes dans une profonde tristesse.

Les Kâchef

La maison des Kâchef se situait juste après celle des Fangari. Quand nous nous sommes installés dans le quartier, il ne restait de cette famille que le père et le plus jeune fils, Abdel Moneim, notre ami.

Kâchef bey, la soixantaine, était un grand ingénieur agronome, à l'allure militaire et austère. Il avait un fils aîné qui habitait loin de notre rue et une fille, la cadette. Quant à notre ami, il était né longtemps après son frère et sa sœur.

* Comédien (1891-1949).

** Fumeur de haschisch.

L'aîné était considéré comme un génie. Il avait obtenu, en Angleterre, un doctorat en chimie et faisait partie des pionniers qui ont contribué au rayonnement de la science parmi les intellectuels. Il se distinguait par la souplesse de son style littéraire et sa rhétorique, à la manière des hommes de lettres professionnels de l'époque.

Le génie de la sœur n'était en rien inférieur à celui de son frère aîné. Elle avait obtenu en Angleterre un doctorat en mathématiques et brillait dans le domaine de l'enseignement et de l'éducation. La famille était réputée pour son intelligence et son brio et devait sa réussite à l'éducation spartiate qu'elle avait reçue et au désir ardent du père de donner à ses enfants les moyens d'exceller dans le domaine scientifique.

Notre ami Abdel Moneim, quant à lui, grandit dans un milieu différent. Il fut élevé dans le même giron spartiate, mais perdit, dès son enfance, la tendresse et la protection maternelles. Il n'avait aucun problème à l'école, étudiait ses leçons et réussissait. Cependant, Kâchef bey considérait que la réussite scolaire n'était que le premier pas : il exigeait de ses fils qu'ils fussent cultivés, savants et droits, sur le plan du caractère et de la conduite, à l'intérieur et à l'extérieur de la maison. Abdel Moneim déçut toutes les espérances du père. A part la réussite scolaire et un engagement tiède en faveur du nationalisme, il ne s'intéressait à rien. Il détestait la maison car il n'y restait que pour étudier. Il appartenait, de tout son cœur, à la rue, traînant ici et là, empruntant son vocabulaire à ce qu'il entendait, particulièrement attiré par tout ce qui était pervers et étrange. La discorde s'installa entre son père et lui. Il supportait les corrections verbales et physiques avec une force inouïe, ne voulant rien céder de ce qui le passionnait. Pendant les vacances, le père allait jusqu'à cacher ses chaussures dans son armoire personnelle qu'il fermait à clef afin de l'obliger à rester à la maison pour lire. Abdel Moneim chaussait alors ses sabots de bain et s'échappait, sans se soucier de rien. Quand il était privé de son argent de poche, il choisissait quelques vases et bibelots de la maison et les vendait. Il supportait les nombreuses corrections avec endurance et courage, tant et si bien que l'amour finit par se tarir entre son père et lui. Que de fois avait-il souhaité, tout haut, la mort de son père et l'avait-il appelée de ses vœux ! Abdel Moneim avait la réputation d'aimer les plats populaires comme le fromage de tête, le *kochari*, la *taameyya*, le *foul*, les lentilles et le *fisîkh**. Il ne partageait pas les repas de son père et n'utilisait la fourchette et le couteau que très rarement. Hassan al-Fangari disait, en parlant de lui : "Il a l'estomac populaire le plus fameux !"

Dans son errance, il avait appris beaucoup de lamentations funèbres des pleureuses. Il les préférait aux chansons d'Oumm Kalsoum et à celles d'Abdel Wahhâb. Dans les veillées, il nous faisait entendre ce que nous n'aimions pas entendre, comme par exemple :

Pauvre toi ! Tu es morte sans avoir connu le mariage !

ou encore :

O jeunette ! O fillette !
Tu es aussi grande que la maadeyya** *!*

* Plats populaires : le *kochari* est un mélange de riz, lentilles vertes, coquillettes et oignons, agrémenté d'une sauce tomate piquante ; la *taameyya* ou *falâfel* est un beignet à base de fèves, d'ail, d'oignons, de persil et de coriandre verte ; le *foul* est le plat traditionnel égyptien, à base de fèves sèches bouillies et assaisonnées ; le *fisîkh* est une sorte de poisson salé.
** Bac ou ferry-boat.

Il nous chantait souvent ses thrènes, alors que nous traversions Al-Husseineyya, en direction du quartier d'Al-Hussein, et nous répétions après lui les refrains. Les gens nous regardaient, s'attendant à voir passer un cortège funèbre, mais quand ils découvraient notre jeu, ils nous crachaient injures et malédictions.

Il était fort, avait une taille de géant, l'apparence d'un homme du peuple, et, malgré ses ennuis, gardait sa jovialité et sa bonté de cœur. Quand son père le jetait dehors, à la suite d'une violente querelle, il n'était pas rare qu'il passât la nuit seul dans les champs. Dans notre bande, nous avions tous connu l'amour et la frustration – même Mohammad al-Sennâwi. Abdel Moneim, pour sa part, préférait peut-être un plat de tripes farcies à la plus belle femme d'Al-Abbasseyya !

Un jour, lors d'un incident, il m'exposa à la mort, n'eût été la bonté du Seigneur. Cela se passa dans les années trente. Au cours d'un important rassemblement populaire, en l'honneur de Makram Ebeid qui revenait d'un voyage politique à l'étranger, couronné de succès. La dictature de Mohammad Mahmoud s'essoufflait. Le ministère de l'Intérieur autorisa la manifestation et ordonna à ses hommes de veiller à l'ordre public, mais de ne pas s'opposer aux manifestants. C'était la première fois que nous voyions les hommes des forces de l'ordre nous regarder ainsi, bonhommes et paisibles. Le cortège du secrétaire du Wafd traversa la foule, se frayant un chemin dans le flot tumultueux des clameurs. Nous le suivîmes en espérant écouter les discours prononcés devant la Maison de la Nation. Quelque part sur notre chemin, nous croisâmes un policier en tenue. Il était debout, au milieu de la foule agitée, sans arme, l'air presque amical et complice. Soudain, Abdel Moneim se rua sur lui, lui assena au ventre un coup de poing inattendu qui le fit s'effondrer, le visage contre terre. Je regardai autour de moi, ahuri, et je vis, au loin, un policier à cheval qui observait la scène, furieux, et qui tentait de s'élancer vers nous. Nous courûmes autant que nous le permit la foule, sachant que la mort était à nos trousses. Tous les quelques mètres, nous nous retournions et voyions le cavalier, rejoint par d'autres, se frayant difficilement un chemin à travers la foule et ne nous quittant pas des yeux. Nous courûmes jusqu'à ce que nous réussissions à nous réfugier dans la Maison de la Nation, avec l'espoir que nos poursuivants ne nous avaient pas suivis jusqu'à ce refuge. Nous y restâmes cachés, pendant que les discours se succédaient et que les clameurs retentissaient. Cette nuit-là, je ne pus imaginer que j'avais sauvé ma peau et que j'étais revenu chez moi, sain et sauf. Je lui demandai, en colère :

— Pourquoi as-tu fait cela, sans aucune raison ?

— Toute agression contre la police est licite ! me dit-il en riant.

Bien qu'il fût de nature joviale, il lui arrivait, parfois, d'être mélancolique ; il ressemblait alors à un malade. Peut-être se sentait-il pourchassé par l'ombre de son père, ou souffrait-il de ses échecs, comparés à la réussite de son frère et de sa sœur. Un jour qu'il était mélancolique, il tenta de se suicider. Il avait pris l'habitude de parler du suicide, considérant qu'il était l'espoir des désespérés, mais nous n'avions pas pris ses paroles au sérieux. Il essaya même de m'entraîner avec lui et me demanda un jour :

— Pourquoi ne penses-tu pas sérieusement au suicide ?

— Laisse-moi le temps d'y penser. Mais pourquoi me suiciderais-je ? lui dis-je, moqueur.

— L'amour t'a épuisé, autant que moi la haine. Cela ne suffit donc pas ?

Mais je ne le pris pas au sérieux. Un soir, alors que nous étions assis au café, nous apprêtant à jouer au trictrac, il se leva en disant : "Excuse-moi un instant..."

Il sortit du café ; je restai à l'attendre. C'est alors que retentirent des cris qui ressemblaient aux hurlements d'un chien. Je bondis hors du café et vis Abdel Moneim se rouler contre les racines d'un arbre planté devant le café, et, de douleur, en mordre le tronc. Les gens se rassemblèrent, quelqu'un appela l'ambulance et certains dirent : "Il est évident qu'il s'agit d'un suicide."

L'ambulance arriva, l'emmena et nous laissa horrifiés. J'appris qu'il avait bu du phénol avant de me rejoindre au café. Il fut sauvé de justesse. Kâchef bey fut convoqué pour interrogatoire. Il fit sa déposition et s'en alla, sans jeter un regard sur son fils. Ce dernier rentra chez lui et, à part nous, personne ne lui rendit visite. Nous étions bouleversés. Ezzat voulut absolument faire quelque chose. Il rencontra Kâchef bey, l'appela "mon oncle", comme il avait l'habitude de le faire, et lui dit : "Abdel Moneim a autant besoin de votre tendresse que de votre fermeté."

L'homme n'ouvrit pas la bouche. Il resta tout le temps le visage fermé, et Ezzat quitta la maison sans qu'il lui fût offert une tasse de café.

Quand Abdel Moneim obtint le baccalauréat, il décida de s'inscrire à l'Ecole militaire. De guerre lasse, Kâchef bey ne s'y opposa pas. "Va au diable !" lui dit-il.

Plus tard, il réussit à être admis dans l'armée de l'air. Il y brilla et fut envoyé en mission en Angleterre. A son retour, il nous surprit en nous annonçant son mariage. Personne ne sut jamais comment, d'un coup, il s'aperçut de l'existence de l'autre sexe ! De son mariage naquit un fils unique. Au même moment, il fut affecté au service du roi Farouk, comme aide de camp, puis devint l'un des favoris. Hussein al-Gamhi fit à ce propos le commentaire suivant :

— Des tripes farcies et du fromage de tête au palais d'Abdine*. Dieu, quel bond prodigieux !

Les conventions de sa nouvelle situation lui interdisaient de s'asseoir avec nous au café. Cependant, il lui arrivait souvent de se glisser parmi nous, la nuit, pour apaiser l'ardeur de ses envies, puis il repartait discrètement. Son caractère n'avait pas changé, mais les conventions que lui imposait sa nouvelle vie étaient impitoyables. Je remarquai qu'il était devenu royaliste et qu'il avait totalement oublié le Wafd, mais je lui trouvai des excuses. Des rumeurs coururent sur l'entourage du roi, mais aucune suspicion ne plana sur lui. Lorsque la révolution de Juillet éclata, il tenta de faire fuir le roi, mais sa tentative échoua. Il fut interrogé et obligé de prendre une retraite anticipée, mais sans procès, ce qui attesta que sa conduite avait été irréprochable. Néanmoins, lors de l'enquête, son fils fut montré du doigt à l'école par ses camarades qui refusèrent d'admettre l'innocence de son père. Le fils se démena tellement pour défendre la réputation de celui-ci qu'il eut une dépression nerveuse, et, comme son état

* Une des résidences du roi.

ne cessait de s'aggraver, on décida de l'interner dans un asile psychiatrique. Il y est encore.

Quand il prit sa retraite, Abdel Moneim revint parmi nous. Toutefois, il n'était plus le même homme, mais qui, parmi nous, l'était ? Malgré la perte de son fils unique, il semblait solide, bien plus qu'on ne pouvait s'y attendre. Très vite, sa vie conjugale se détériora pour des raisons qu'il n'ébruita pas, mais qu'il n'était pas difficile d'imaginer. Sa femme et lui finirent par divorcer. Puis il épousa une Allemande et, grâce à elle, il eut une vie stable – ce qu'il n'avait jamais connu jusqu'alors – et il vécut heureux ou comme s'il était heureux, entre l'Egypte et l'Allemagne. Ses propos témoignaient de ce qu'il avait gagné en maturité, sagesse et culture, faisant de lui un homme nouveau, extrêmement agréable. Il n'était pas un partisan de la révolution, mais il n'était pas non plus parmi ses adversaires acharnés. Grâce à sa retraite et à son héritage, il vivait aisément. L'affliction qu'il éprouva après la défaite du 5 Juin et sa joie après la guerre du 6 Octobre confirmèrent sa loyauté envers son pays. Il aurait fallu que la vie cessât de lui réserver des mauvaises surprises, mais son épouse allemande lui fit cadeau d'une dernière. Après une longue vie commune et à un âge avancé, voilà qu'elle se rebellait contre sa vie familiale et contre la vie en Egypte. Elle se sépara de lui, retourna en Allemagne et le laissa avec sa solitude et sa vieillesse. Il nous dit alors : “Elle m'a abandonné, cette folle, à un âge où elle ne pourra pas remédier à sa solitude...”

Mais il était né pour supporter les ennuis et les épreuves. Son agréable compagnie continua à nous réjouir jusqu'à ce qu'un matin *Al-Ahrâm* nous annonçât sa mort. Et de nombreux souvenirs, chers et intimes, rejoignirent le cortège dans sa marche inéluctable.

Les Dorghâm

La maison des Dorghâm suivait celle des Kâchef. Elle était occupée par le père, Dorghâm al-Hindi, sa fille aînée, Safinâz, et son plus jeune fils, notre ami, Sayyed. La mère avait quitté ce monde trois ans avant notre arrivée dans la rue Al-Radwân. Le père, de taille moyenne, avait le teint couleur de blé, les traits prononcés et durs, un air rébarbatif qui reflétait la sévérité et la rudesse. Il était prêteur sur gages à Bâb al-Khalq, et cette occupation accaparait tout son temps, du lever du jour à la tombée de la nuit. A part présenter les condoléances, il ne s'acquittait d'aucun autre devoir de bon voisinage. *'Amm* Farag disait de lui, en l'absence de Sayyed, bien entendu : "La colère de Dieu est gravée sur son visage !"

Nous aussi, il nous semblait voir sur ce visage, qui alliait la beauté à la sévérité, les signes de la colère divine. Toujours est-il que *'amm* Farag dénigrait en fait la profession de Dorghâm qui, bien que musulman, pratiquait l'usure. Dans notre rue, certains allaient même jusqu'à le traiter de "maudit". Cela n'échappait pas à Sayyed, mais il ne semblait ni s'en soucier ni en être chagriné. Safinâz, elle, était belle et gracieuse. Un juif du quartier Sakâkîni tomba amoureux d'elle et l'épousa après s'être converti à l'islam. Nous apprîmes que c'était un commerçant en tissus, qu'il vivait dans l'aisance et qu'il faisait affaire avec Dorghâm.

Quant à Sayyed, notre ami, il était beau, svelte, rieur et désinvolte. Nous l'aimions pour son charme, sa franchise et son intelligence, et nous trouvions que sa désinvolture avait quelque chose d'excitant. Son attitude face aux traditions ressemblait à celle de Sâmeh, mais elle était d'un autre genre et avait d'autres raisons. A l'école primaire, il était notre camarade de classe, mais il nous quitta pour une école de commerce, malgré ses bons résultats scolaires, car son père, Dorghâm effendi al-Hindi, avait réussi à le couler dans son moule. "L'instruction n'a de valeur que dans la mesure où elle prépare au monde du travail. Ne fais pas cas des diplômes", lui disait-il.

Comme il préparait son fils à sa succession dans son officine de prêteur sur gages et d'usurier, il ne lui laissa pas le temps d'atteindre sa majorité, mais décida de l'initier, dès son enfance, à l'ambiance du travail et au culte de l'argent. Au début, il fit de lui son loyal encaisseur de traites afin qu'il mette la main à la pâte, acquière de l'expérience et s'intègre à son monde. Muni du carnet de quittances, Sayyed allait chez les débiteurs percevoir les traites et revenait chez son père, heureux et fier, recevant en contrepartie un pourcentage sur les intérêts. Il apprit, dès lors, à gagner de l'argent, à thésauriser et à connaître la valeur de chaque *mellime*. Il nous disait en riant :

— Chaque fois qu'un débiteur me voit arriver, son sang se glace...

— Bienvenue au diable ! lui rétorquait alors Hassan al-Fangari.

Il fit siennes les valeurs de son père : le culte et la vénération de l'argent. Il ne dépensait pas un *mellime* sans raison valable. Tout petit déjà, il entendait des piques et des pointes ternir la réputation de sa famille et des accusations d'avarice et d'impiété pleuvoir sur elle. Dédaigneux de la religion, des traditions et de la morale qui condamnent la profession de son père, il grandit simplement, comme s'il était natif de la jungle, tel Tarzan, idolâtre, sans religion et sans patrie. Plus tard, il décida de vivre également sans famille, raillant sans cesse le mariage et la paternité et ne cachant pas son étonnement de voir des gens assez fous pour se marier. Il ne se réclama d'aucun principe ni d'aucune opinion, ni de l'Est ni de l'Ouest. Ce qui était le plus curieux, peut-être, c'était que notre bande réunissait toutes ces contradictions tout en préservant l'amitié et l'affection entre ses individus.

Dans les années trente, Dorghâm effendi al-Hindi mourut d'une crise cardiaque. La mort le surprit dans un bordel. L'homme ne s'était pas remarié après la mort de la mère de Sayyed. Peut-être que l'amour de l'argent l'avait écarté de la voie qui mène au mariage. Cependant, sa vie durant, il s'était forgé la réputation d'un homme qui dominait ses passions avant de parler et d'agir. C'est pourquoi les craintes de notre ami Sayyed étaient le fruit de son imagination et résultaient d'une suspicion non fondée concernant son père. Non, son père avait toujours été fidèle à lui-même. Mais chaque fois que la solitude lui pesait, il allait se divertir, secrètement, dans un bordel. La malchance voulut qu'il y rendit l'âme, ce qui multiplia les plaisanteries à son sujet. Hassan al-Fangari fit de lui un personnage de légende, comme Goha. Sayyed participait lui aussi aux jeux de mots et était le premier à en rire. Il se glorifiait de tout ce que l'on reprochait à son père comme l'avarice, l'usure et l'idolâtrie, et de toutes les anecdotes qui circulaient à son sujet. A la mort de son père, il lui succéda dans son officine, hérita de sa fortune thésaurisée dans les banques et devint, incontestablement, un homme très riche. Mais contrairement à son père, il ne se priva d'aucun plaisir. Il restaura donc la maison, renouvela les meubles, fit l'acquisition d'une voiture Ford et dit pour résumer sa philosophie : "Je vais rester toute ma vie célibataire. Soit ! Mais il faut que ma vie soit respectable à tous points de vue : logement, vêtements, nourriture ou relations sexuelles... A part ça, tout doit être calculé au *mellime* près..."

Au *mellime* près... Je me souviens qu'il avait fait à Sâmeh tout un raffut pour un *mellime* ! Sâmeh avait tenté de l'induire en erreur, pour rire, mais, de guerre lasse, il s'inclina.

Un des traits les plus marquants de son caractère était qu'il manifestait un désintérêt total pour l'art et la culture et qu'il ignorait complètement l'amour. Jamais une fille ne l'attira ni ne fit chavirer son cœur. La femme avait un temps limité dans son agenda hebdomadaire. Il la choisissait dans les cabarets de luxe, lui payait un tarif élevé, puis allait son chemin. De nombreux événements se succédèrent dans son pays et il les regarda de loin, ou même pas du tout. Le temps s'écoula, il prit de l'âge, mais resta égal à lui-même, si bien qu'il fut l'exemple vivant de l'homme heureux et prospère. Il m'arriva de lui demander :

— La solitude ne te pèse-t-elle pas ? Ne languis-tu pas d'être père ? Ne regrettes-tu pas d'avoir laissé passer quelque chose ?

— Tu me questionnes sur des chimères sous l'impulsion de tes propres chimères ! répondit-il en riant.

— Souvent l'homme faiblit en vieillissant...

— Je n'ai pas manqué de me préparer à cela !

— Comment ?

— Je garde pour les moments difficiles un poison qui tue en quelques secondes.

Je le regardai avec stupéfaction. Il continua :

— Tu trouves peut-être ma vie insignifiante, mais c'est ainsi que je vois la vôtre...

— De toute façon, tu ne vas pas emporter ta fortune avec toi dans la tombe ?

— L'important est qu'elle me mette à l'abri du besoin ici-bas...

Longtemps il m'exaspéra parce qu'il rejetait mes idées. Longtemps j'espérai qu'il tombât amoureux, devenant ainsi un autre homme, mais il n'en fut rien. Longtemps j'imaginai qu'il aurait des regrets dans sa vieillesse pour tout ce qu'il avait laissé passer dans sa jeunesse, mais il n'en eut point. Il s'obstina dans le même style de vie, thésaurisant, buvant du whisky de choix, faisant bonne chère, courant les prostituées de luxe et restant en dehors de tout ce qui aurait pu troubler sa sérénité. Un jour, il remarqua qu'une danseuse le traitait avec une tendresse particulière, lui téléphonait souvent et le surprenait par ses cadeaux. Il traduisit cela dans le seul langage qu'il maîtrisait, à savoir qu'elle lançait ses filets pour s'accaparer son argent. Il rompit avec elle, sans explications, et pour cela, il avait un courage sans pareil. Elle l'aborda un soir, alors qu'il était assis à *L'Auberge*, pour lui déclarer qu'il n'avait pas de cœur. Il lui répondit, moqueur, comme d'habitude :

— Je connais plusieurs fonctions du cœur, mais l'amour n'en est pas une !

La femme essaya de faire intercéder en sa faveur des connaissances à lui, mais il répliqua :

— Même la générosité est plus proche à mon cœur que l'amour !

Si on lui demandait quel était le secret de l'amour dont avaient été victimes plusieurs garçons de notre bande, il répondait :

— C'est la frustration, le délire de la frustration et ses fantasmes.

Je le provoquai un jour :

— Et le roi d'Angleterre qui a renoncé au royaume pour l'amour d'une femme divorcée ?

— La folie est une réalité. Nous devons l'admettre.

Cependant, dans sa vieillesse, il fut obligé de reconnaître que l'acte sexuel, accompli de façon mécanique, pouvait faiblir et perdre de son intensité.

Peut-être connut-il la peur pour la première fois de sa vie après la révolution de Juillet. Bien sûr il n'était ni propriétaire terrien ni politicien, mais il faisait partie des riches que la révolution regardait avec suspicion et inimitié. C'est pourquoi, avec l'aide de quelques amis juifs, il fit passer une partie de sa fortune à l'étranger. Et il se mit à s'intéresser à la politique. Il nous dit un jour, ouvertement :

— Les Anglais ont quitté le pays et ont emporté avec eux la loi et la sécurité...

Les protestations s'élevèrent des quatre coins du café. Il insista :

— Nous ne sommes pas capables de nous gouverner nous-mêmes. Si nous ne pouvons pas éviter d'être gouvernés par une armée, alors soyons-le, de préférence, par une armée civilisée...

C'est pour cela qu'il considéra le 5 Juin comme un jour de fête. Il ne cessait de dire, sur un ton moqueur et avec une joie maligne :

— Le problème est que l'armée ne devrait pas se battre sur deux fronts. Elle nous a vaincus à l'intérieur, ce qui excuse sa défaite à l'extérieur !

Avec l'*Infitâh*, ce fut une autre fête. Il diversifia ses affaires et doubla ses profits. "On nous reproche de nous jeter, de notre plein gré, dans les bras de l'impérialisme américain. Dieu bénisse nos pas !" disait-il.

Il a maintenant soixante-quinze ans. Son activité a diminué, mais elle ne s'est pas interrompue. Il est en bonne santé, a gardé sa bonne humeur et ses éclats de rire. Il loue un appartement au quinzième étage d'un immeuble donnant sur le Nil, sur la route d'Al-Maâdi. Il partage ses soirées entre les cabarets de l'avenue des Pyramides et le café d'Al-Abbasseyya.

Les Eloui

C'étaient les voisins des Sennâwi. Leur maison avait la particularité d'être relativement imposante et bien meublée. De plus, ses murs étaient tapissés d'une collection de portraits des leaders nationalistes du Wafd. Les Eloui étaient issus d'une vieille famille, riche et respectable. Leur grand-père est cité dans la chronique de Gabartî, comme ayant fait partie de l'élite égyptienne de son époque. Lorsque je m'installai dans la rue Al-Radwân et nouai des liens d'amitié avec Gamil, leur plus jeune fils, le père était déjà cloué au lit, grabataire et paralysé. C'est pourquoi la mère assumait à la fois les rôles de père et de mère. Les frères de Gamil, hommes de science compétents, occupaient des fonctions éminentes au gouvernement et ses deux sœurs avaient épousé des hauts fonctionnaires. La mère était vraiment une femme remarquable car elle faisait partie de celles, rares, qui avaient fait des études très poussées, participé au mouvement nationaliste et occupé un rang élevé dans le comité wafdiste des femmes. En résumé, dans cette maison, le savoir, la respectabilité, la richesse et le nationalisme étaient à l'honneur.

A la mort du père, notre rue assista à des funérailles grandioses. Saad Zaghloul, Moustafa al-Nahhâs, Makram Ebeid, Mâher, Noqrâchi et d'autres ténors de la révolution égyptienne marchaient en tête du cortège.

Gamil avait un visage ouvert, un air aristocratique et un corps d'athlète ; il avait dévié de la voie tracée par la famille et s'était consacré au sport et aux plaisirs. Il ne réussit pas dans ses études, contrairement à ce que l'on attendait de lui. En effet, il obtint le certificat d'études primaires avec beaucoup de peine car l'amour que sa mère lui vouait fit qu'elle ne le traita pas avec la fermeté nécessaire. De temps en temps, il feuilletait les magazines et les livres, mais son intelligence était plus grande que son ardeur au travail. Cependant, il n'avait pas le tempérament futile ou superficiel, et l'intérêt qu'il portait aux affaires publiques ne se relâcha jamais.

Lorsque sa mère fut emportée par une maladie musculaire, notre ami se retrouva seul dans une maison pleine de souvenirs, avec le cuisinier et un vieux domestique. Mais il hérita, à point nommé, d'une coquette somme, s'acheta une voiture Fiat et vécut, dès sa jeunesse, comme les notables. Il était rare de rencontrer un homme ayant sa noblesse de caractère, sa générosité, sa finesse d'esprit et sa sincérité en amitié. Il était, en outre, sympathisant du mouvement nationaliste.

Sans doute prit-il conscience, mais trop tard, du préjudice considérable qu'il avait subi en négligeant ses études et du fossé qui le séparait des autres membres de sa famille et de ses amis qui avaient réussi. Cependant, il ne ressentait d'animosité pour personne, ne souffrit d'aucun complexe d'infériorité ni de supériorité. Les relations qu'il entretenait avec ses frères et ses amis demeurèrent aussi sereines et joviales que possible. Toutefois, il se vautra dans les lieux de plaisir ; il aima les femmes, but de l'alcool, goûta aux drogues. Peut-être avait-il le côté insouciant de Sayyed Dorghâm ou était-il réfractaire aux traditions comme Sâmeh, mais cela restait superficiel. Il était croyant, patriote et avait des principes moraux. Cependant, autant son cœur était inondé de lumière, autant sa conduite semblait dissolue, son caractère insouciant et révolté. Il croyait en Dieu et à la religion, mais il n'obéissait à aucune obligation religieuse et ne respectait aucun rituel. Son cœur s'embrasait d'ardeur nationaliste, mais cela ne se traduisait ni dans sa façon d'être ni dans son comportement. Son cœur et sa conduite ne s'accordaient que dans les relations qu'il avait avec les autres en général, et avec ses amis en particulier. Il mena ainsi une vie de patachon entre Alexandrie et Le Caire jusqu'au jour où ses deux sœurs songèrent à le marier à une fille convenable. Lorsqu'elles lui firent part de leur souhait, il répondit, calme et résolu : "Je ne me marierai jamais. C'est une vieille résolution, mais elle est sans appel !"

Nous fûmes très surpris d'entendre cela. Abdel Khâleq – qui brûlait de se marier mais qui ne pouvait le faire à cause de sa pauvreté – était le plus surpris de nous tous. "Tu peux épouser la plus belle fille du pays !" lui dit-il.

Mais sa conception des choses était différente. Le mariage que lui proposaient ses sœurs était un mariage de “parité”. Les familles et les jeunes filles de son milieu s’intéressaient, en même temps qu’à la fortune ou peut-être bien avant la fortune, à la position sociale et aux diplômes. Il pouvait accepter n’importe quoi sauf l’éventualité d’un refus à cause de son faible niveau d’études ou à cause de son oisiveté ! Derrière ce visage ouvert, ce caractère conciliant et doux, se cachait un orgueil d’une force peu commune.

— Elle existe, sans aucun doute, celle qui se ferait une joie de t’avoir comme mari ! lui dis-je.

— Je ne suis pas un mendiant ! répondit-il, le sourire aux lèvres.

Malgré tout ce que j’ai raconté à son sujet, sa vraie histoire n’a pas encore commencé. N’avait-elle pas commencé et fini avec les jeux de hasard ? Bien sûr, il avait de multiples passe-temps : l’amitié, le badinage, la boisson, la lecture et le cinéma, mais tout cela n’existait qu’en marge de sa vie. L’âme, l’essence, la substance de sa vie était le jeu. Ce n’était au début qu’un divertissement, un passe-temps, mais il finit par le dominer jusqu’à devenir sa raison d’être, son pouls, son rêve, jusqu’à devenir son cœur, sa raison, son imagination et ses nerfs. Le trictrac, la *basra*, le poker et le rami. Au café, à la maison et au club. Plus tard, quand les jeux furent interdits, il joua dans les tripots clandestins. Au début, il jouait à certaines heures de la journée – et l’on sait que chaque chose a son heure… ! Puis le jeu dévora toutes ses nuits, jusqu’au petit jour. Désormais, il dérobait au temps les rares instants qu’il concédait à ce qui était autre chose que le jeu. Le jeu était devenu le pivot de toute son existence, et la table de jeu son espace vital : il pouvait boire, manger et aimer à cette table. Toute jouissance, y compris celle de l'amour, était devenue secondaire comparée au jeu de hasard. Comme si le big-bang ne s'était produit, la Terre ne s'était formée et la vie n'était apparue que pour concevoir un jeu de cartes coloriées et chamarrées de signes et de chiffres dont dépendraient nos destins. Cependant, le jeu n'altéra pas la pureté de son caractère. Il ne tricha pas, ni ne complota, ni n'éprouva de rancune ou de colère, même quand il lui semblait avoir été victime d'une escroquerie ou d'une fraude. La vie s'écoula, au même rythme, jusqu'à ce qu'il atteignît la cinquantaine.

Un jour, à son réveil, il sentit comme une main lui serrer la gorge, appuyer lourdement sur l'appareil respiratoire et déchirer l'intérieur de sa poitrine. Le médecin du quartier lui annonça l'imminence d'une angine de poitrine, lui prescrivit un traitement et un régime, et lui conseilla de garder le lit au moins pendant un mois.

Il n'en fit rien, ne voulant pas se joindre à la cohorte des impotents ou des quasi-impotents. Il refusa également de se priver des plaisirs de l'existence à cause d'un coup passager. Dès qu'il se sentit mieux, à la tombée de la nuit, il se leva, revêtit son costume et se rendit à la soirée ! Il rentra à l'aube pour être victime de la seconde attaque. Le médecin n'en revenait pas : “C'est de la pure folie…”

Gamil comprit, bon gré mal gré, que la situation nécessitait du sérieux et de la patience, alors il se résigna. Quand il recouvra sa santé, il réfléchit à la chose longuement. On exigeait de lui qu'il prît régulièrement des médicaments, qu'il se privât de bonne chère, qu'il évitât les émotions, en d'autres termes, le jeu. S'il voulait vivre, il fallait donc qu'il se contentât d'être un cadavre momifié, afin que son pouls et sa respiration continuent de fonctionner quelques années encore. Non, il n'était pas fait pour une telle vie. Il n'avait pas peur de la mort ; l'idée même de la mort ne l'inquiétait pas et la seule chose qui lui importait était le moment présent. La mort était inéluctable, qu'elle soit précédée d'ordre ou de désordre, de désinvolture ou de retenue. Alors, autant vivre sa vie et advienne que pourra !

La vie reprit son cours normal comme s'il n'avait pas été inquiété par une angine de poitrine ni averti par un médecin. Les amis, soucieux, le surveillaient, ne cessaient de lui prodiguer conseils et exhortations, de faire l'éloge de la modération. "Souviens-toi, lui disaient-ils, de ce que le Seigneur t'a donné comme fortune, liberté et raison. D'autres chances, nombreuses, te sont offertes pour une longue et douce vie !" Mais nous battions en retraite devant son beau sourire moqueur qui résumait toute sa philosophie de la vie, sans qu'il ait besoin de dire un seul mot. Il nous avoua même un jour :

— Vous savez qu'il m'est interdit de manger de la graisse animale. N'empêche que je ne mange pas moins de six gâteaux au beurre par jour !

— Cela pourrait donner une indigestion à une petite ville, non à l'estomac d'un homme de la race d'Adam... ! s'écria Hassan al-Fangari.

Il poursuivit ses soirées de jeu qui se terminaient au petit matin. Un jour, il me vint à l'idée de lui demander ce qui l'attirait avec autant de force à la table de jeu. Je m'attendais à ce qu'il me dît : "Le vide, l'ennui ou le désespoir", mais il me répondit, dans un moment de sincérité : "La table de jeu me rapproche d'une élite de notables. Je ne suis pas seulement leur égal, mais la plupart du temps, je les domine aussi. Et n'oublie pas la jouissance qu'on en tire..."

Je désespérai de le rendre à la raison et m'attendis à ce qu'il fût terrassé, un jour ou l'autre. Nous perdrions alors un des plus nobles amis, l'ami des jours heureux, qu'aucun nuage n'avait altérés. Mes craintes ne se confirmèrent pas, il me semblait même que l'angine de poitrine faisait semblant de l'oublier, comme il l'avait oubliée lui-même, et qu'il avait remporté une victoire sur les lois de la nature. Il nous prit de court alors qu'il approchait de la soixantaine, en nous disant un jour : "Je veux me marier !"

Il nous fit part de son désir deux ans après la mort d'une femme qu'il avait connue dans un tripot et qu'il avait longtemps fréquentée après en avoir fait sa maîtresse. Une grande intimité les unissait, comme celle du mariage, sinon plus. Elle lui avait souvent demandé de l'épouser et de renoncer au jeu, mais il aurait tout accepté sauf le mariage. Elle mourut subitement. Pour la première fois, je le vis pleurer à chaudes larmes, et pour la première fois, il mit à nu son cœur qui pouvait vibrer d'amour aussi bien que de chagrin. C'est comme si je voyais un être totalement nouveau. Bien sûr, j'avais été témoin de sa tristesse le jour de la mort de Moustafa al-Nahhâs, mais cette tristesse ne dura pas longtemps. Je pensai qu'il rendait là un hommage au souvenir de ses parents. Par contre, cette fois-ci, il pleura amèrement et donna libre cours à sa souffrance, sans retenue. Il n'était plus l'homme qui, nuit et jour, défiait la mort. Deux ans plus tard, il eut donc envie de se marier. Il ne fit aucun effort pour réaliser son désir, mais il nous l'annonça et attendit. Nous nous consultâmes, perplexes. Certes, c'était un homme riche, élégant et de noble famille, mais il avait soixante ans, était dépendant du jeu et réputé tel. Aucune femme ne pouvait l'accepter à moins d'avoir elle-même une tare ou de convoiter son héritage. Il sentit que nous "labourions la mer", comme on dit. Alors, il fit semblant d'ignorer son désir, de l'enterrer dans son cœur, et poursuivit sa vie de plaisirs avec frénésie et insouciance.

Finalement, survint la mort, survint l'angine de poitrine, peut-être plus tard que nous ne l'avions pressenti, augmentant ainsi notre désarroi. Nous devions nous rencontrer, mais il fut empêché de tenir son engagement, ici-bas…

Les Konâcha

Près de la maison des Dorghâm se situait celle des Konâcha, la dernière de ce côté-ci de la rue. Le père était le cheikh Mohammad Konâcha, le récitateur du Coran. Il n'était ni célèbre, comme Ali Mahmoud ou Ismaïl Nada, ni l'un de ceux qui, le jour de la fête, psalmodient le Coran dans les cimetières. Il avait un statut moyen, qui lui assurait un gagne-pain confortable. Sa femme était de la campagne ; elle était aimable et ne manquait pas de grâce. La famille avait une progéniture bénie, composée de sept filles toutes mariées, et de deux garçons, Ibrahim et Zaki, les amis de notre enfance. Ils avaient obtenu le certificat d'études et passé quelques années dans le cycle secondaire, en pure perte.

Tous les deux avaient un engouement pour la chanson, et s'y adonnaient chaque fois que l'occasion se présentait ou que nous les encouragions à chanter. Ibrahim était petit et trapu, n'était ni laid ni beau. Zaki était svelte et beau et avait pris de sa mère ce qu'elle avait de meilleur.

Ils avaient partagé avec nous certaines idées nationalistes, alors que leur culture se limitait à apprendre des chants anciens et de vieux *mouwachchah**. Plus tard, ils se mirent au répertoire d'Oumm Kalsoum et d'Abdel Wahhâb, et, avec le temps, chacun d'eux se distingua dans un genre musical particulier. Ibrahim avait un goût pour les chansons sérieuses, alors que Zaki excellait dans les rengaines et les monologues, si bien que Hassan al-Fangari le surnomma "l'Impudent, fils du cheikh". Tous les deux souhaitaient s'inscrire au conservatoire de musique orientale. Au début, le cheikh Mohammad s'y opposa, mais lorsqu'il désespéra de les voir réussir leurs études secondaires, il accepta de les y inscrire. A la fin de leurs études, Ibrahim fut engagé comme chanteur dans le cabaret de Naïma al-Dobbâti. Sa voix lui assura une vie décente. Il se maria et eut le même genre de vie que son père, mais le contenu en fut différent ! Quant à Zaki, il travailla comme monologuiste dans la salle du *Béba*. Sa vie ne laissait présager rien d'exceptionnel, n'eût été une femme riche qui tomba amoureuse de lui. Son histoire d'amour le propulsa sur le devant de la scène et, grâce à son physique agréable, il fit la couverture des magazines artistiques et sa réussite fut éclatante.

* Chants rythmés et scandés, en langue classique ou dialectale, célèbres surtout en Espagne musulmane.

Le mariage vint couronner le tout et la richesse de sa femme lui permit de créer le *Fontana*, le plus beau cabaret de la rue Al-Alfi à l'époque. Au milieu d'un magnifique jardin, l'édifice avait deux étages : le premier était une cafétéria moderne, et le second, un cabaret. Zaki devint le directeur du cabaret. De plus, il donnait, en fin de soirée, quelques monologues qui remportaient un grand succès et qui étaient repris par les ivrognes et les fêtards des deux sexes. Cependant, Zaki n'eut pas la chance d'avoir des enfants comme son frère Ibrahim. Aussi concentra-t-il toute son attention sur sa personne. Nous avons passé, nous, ses amis, de nombreuses soirées au cabaret et nous avons vu notre compagnon devenir une tout autre créature, d'une extrême beauté et d'une rare élégance. "Admirez les effets de la bonne chère !" nous dit Hassan al-Fangari.

A la fin de la Seconde Guerre mondiale, sa femme décéda et Zaki devint un des hommes les plus riches du pays. C'est alors que notre ami Abdel Khâleq s'exclama : "On a raison de dire qu'un carat de chance vaut mieux qu'un *feddân* de débrouillardise !"

Son reniement de sa famille – ses vieux père et mère, son frère Ibrahim – fut une marque d'infamie qui resta à jamais gravée sur son front. Ahmad, le frère d'Abdel Khâleq, avait lui aussi renié sa famille mais ce n'était pas la même chose. Ahmad, lui, était pauvre et sa riche femme avait voulu l'accaparer parce qu'elle avait détesté, dès le premier jour, sa belle-famille. Zaki, par contre, avait hérité d'une immense fortune et son reniement demeura une énigme et une infamie.

Il ne tarda pas à tomber amoureux d'une danseuse réputée pour sa beauté, puis l'épousa. Il semblait gai et heureux, bien qu'il n'ait pas eu d'enfants. Il fit construire près des pyramides un palais que l'on citait en exemple pour sa beauté et il y vécut comme un roi. On n'entendit plus parler de lui jusqu'au jour où nous apprîmes qu'il était gravement malade. La nouvelle fut confirmée quand il partit à l'étranger pour se faire soigner. Il revint avec son mal, sans avoir été guéri. On ne parlait pas de sa maladie ouvertement, mais on la nommait tantôt la "pernicieuse", tantôt la "maligne". Son frère Ibrahim nous informa qu'il était maintenant privé des choses qu'il aimait le plus au monde : le sexe et la nourriture ! Et, avec une joie mauvaise : "Il n'a le droit de manger que du bouillon de fèves !"

Très vite, sa belle femme ne supporta plus de vivre avec lui. Il fut alors obligé de lui accorder le divorce et il resta seul, sans réconfort. Je le vis un jour, durant cette période, au *Fontana* qu'il continuait de diriger pour se distraire. En vérité, je fus saisi d'effroi à sa vue. Je ne vis pas un homme, mais un cadavre momifié. Un cadavre dont les lèvres se tordaient, exprimant une rancœur infinie contre l'absurdité de son destin. Son argent lui permettait de posséder n'importe quoi, mais il n'avait pas la santé pour en jouir. Il se laissa dériver, porté par son sort, vers la seule issue qui lui restait alors, la folie !

Il concentra toute son attention sur son futur tombeau. Oui, son tombeau... Même s'il devait pour cela épuiser son immense fortune... Dans le cimetière d'Al-Khafîr, il s'acheta un bout de terrain, le plus grand peut-être en Egypte destiné à la construction d'un tombeau. Il y fit planter un jardin luxuriant qui aurait pu être un jardin public. Quant au relief du tombeau et à la stèle, ils étaient en marbre rare sur lequel il fit graver des versets de la sourate Al-Rahmân*. La pièce où il allait reposer était aussi spacieuse qu'une grande salle de réception. Ses murs étaient incrustés de marbre et le sol était recouvert de tapis persans. Elle était éclairée par des lampes qui tiraient leur énergie d'un générateur électrique. Pour le tombeau et les services d'entretien, Zaki légua une somme d'argent qui devait suffire à pourvoir aux dépenses d'entretien du tombeau jusqu'à la fin des temps. Nous nous disions qu'il ne manquait plus qu'il se fît momifier puis enterrer avec ses bijoux, de la nourriture et des vêtements ! Il voulait que nul, parmi ceux qui se réjouissaient de son malheur, n'héritât de lui. Je n'ai jamais su s'il avait réussi à le faire. Dans les années cinquante, Zaki Konâcha mourut et personne ne s'en attrista.

— Je n'ai jamais connu quelqu'un de plus cruel ! dit un ami.

Une voix répondit :

— Quelquefois, la vie semble plus cruelle et plus amère encore.

Les Adila al-Horra

C'était la dernière maison de l'autre côté de la rue, après celle des Eloui. La maison hérita du nom de sa propriétaire, Adila al-Horra. Elle se prénommait Adila, mais le surnom Al-Horra** lui

* Coran, sourate LV.

** Horra a pour sens "libre", sous-entendu ici "libertine".

a été ajouté, histoire de la flatter, mais avec l'intention de la dénigrer. Adila et ses deux filles, Nabila et Sanâ, habitaient la maison. Voici comment *'amm* Farag racontait la vie d'Adila : elle était mariée à un homme appelé Abdallah Sannân, qui avait amassé, comme courtier, une petite fortune. Il avait fait bâtir cette maison et l'avait mise au nom de sa femme. Il eut avec elle Nabila et Sanâ. Un an avant notre arrivée dans la rue, l'homme, d'origine syrienne, partit en voyage en Syrie, pour une affaire le concernant. Il ne revint pas et les nouvelles à son sujet s'interrompirent. *'Amm* Farag donnait l'interprétation suivante de la disparition de l'homme : Adila était extrêmement belle et coquette, sa conduite n'était pas au-dessus de tout soupçon et l'homme, incapable de la dompter, avait pris la fuite ! "Il n'a pas osé lui parler de divorce par peur de sa langue de vipère. Sans doute connaissait-elle des secrets le concernant qu'il n'aurait pas aimé qu'elle divulgue !" disait-il.

Quoi qu'il en fût, elle avait suivi une voie nouvelle, inhabituelle pour notre rue. Elle s'était jetée à corps perdu dans le libertinage. Avec le temps, sa maison était devenue le lieu de rendez-vous des notables d'Al-Abbasseyya Est. La nuit, ils s'y glissaient, comme des frelons, chargés de cadeaux, et y passaient les moments les plus savoureux, en compagnie de la maîtresse de maison et de ses deux belles filles. Nous la voyions quelquefois dans la rue, seule ou avec Nabila et Sanâ, auréolées de parures éclatantes, et nous les regardions, les yeux exorbités, tandis qu'elles soulevaient des tempêtes de ragots. Les yeux écarquillés et fous, nous suivions du regard Nabila et Sanâ, mais elles ne daignaient pas nous accorder la moindre attention.

Dès lors, nous nous demandions ce que faisait la police. N'était-elle pas au courant de ce qui se passait dans cette maison ? On nous dit que la police en savait bien plus que nous, mais que la protection des notables s'étendait sur la maison et sur ses occupants. On raconta même que le pacha, secrétaire général du ministère de l'Intérieur – il habitait Al-Abbasseyya Est –, était l'un des amants de la plus jeune fille, malgré la grande différence d'âge qu'il y avait entre eux. On discuta du problème et Abdel Khâleq se demanda :

— Est-il convenable de tolérer cette situation honteuse dans notre rue ?

Ezzat, avec sa virilité habituelle, répondit :

— Si la police ferme les yeux, nous agirons à sa place !

Nous commençâmes à lancer des pierres sur la maison, ce qui troubla la sérénité des soirées fantastiques qui y étaient organisées. La réaction fut rapide : une bande de nervis d'Al-Wâyli, bien plus forts que nous, se chargea de la protection de la maison. Ezzat ne pouvait pas s'attaquer à eux. Par conséquent et à contrecœur, nous faisions semblant d'ignorer la maison d'Al-Horra, partageant avec les habitants de la rue leur indignation silencieuse. Vers le milieu des années trente, la famille quitta la maison, comme si celle-ci était devenue trop étroite pour son activité qui avait pris de plus en plus d'importance. Les esprits s'apaisèrent, et le jour de leur départ fut un jour de bonheur. Nous n'entendîmes plus parler d'eux, ni en bien ni en mal, jusqu'au jour où j'aperçus Sanâ, juste après la Seconde Guerre mondiale, en compagnie d'un officier, au jardin de Lipton. Elle n'avait plus l'allure d'autrefois, mais elle marchait avec fierté et décence, comme si elle était mariée à l'homme qui l'accompagnait. J'en fus surpris et perplexe. Mais la suite des événements confirma mes doutes, et j'appris de diverses sources qu'après une histoire d'amour elle avait épousé l'officier. Puis nous apprîmes encore que ce dernier fut l'un des rares officiers à avoir été traduits en justice par la révolution de Juillet. Il fut arrêté alors qu'il tentait de fuir à l'étranger, passa en jugement et fut condamné à une peine d'emprisonnement. La maison continua à être appelée "la maison d'Adila al-Horra", comme si c'était une dénomination consacrée par l'Histoire. Elle conserva ce nom, même après que le cheikh Dhahabi – professeur d'arabe et de religion à l'école Fouad-Ier – l'eut habitée. Il était d'origine paysanne, ainsi que sa femme, et sa venue dans la capitale n'avait en rien changé son caractère. Le cheikh apprit le nom dont était affublée la maison par un visiteur qui était venu de son village et qui, dans la rue Al-Abbasseyya, s'était enquis de l'adresse du cheikh. On lui indiqua l'emplacement de la maison en répétant devant lui son nom. En toute innocence, le visiteur en informa le cheikh. Ce dernier fit son enquête, si bien qu'il apprit tous les détails de l'histoire et qu'il en écuma de rage. Un jour, il entra dans la classe et vit qu'un de ses élèves avait écrit à la craie, sur le tableau, en caractères *fârisi*, "Adila al-Horra". Le visage du cheikh se convulsa de colère – c'était un homme très irascible – et, se retournant vers ses élèves, il demanda avec défi :

— Qui est le fils de putain qui a écrit ce nom ?

Personne n'ouvrit la bouche. Alors il explosa :

— Adila est peut-être une femme de mauvaise vie, mais elle est, certainement, plus honnête que la mère de celui qui a écrit cela…

Et la leçon commença.

Par la suite, j'ai connu toutes sortes de débauche, si bien qu'Adila et ses deux filles me font penser à l'homme qui découvrit le feu, aux premiers temps de l'humanité, comparé aux conquérants de l'espace.

Aujourd'hui, quand la nostalgie me tire vers Al-Abbasseyya, un monde étrange que je ne reconnais pas se dévoile aussitôt à mes regards. Ni l'est ni l'ouest d'Al-Abbasseyya ne sont ce qu'ils étaient autrefois. Les champs et les jardins ont disparu et la couleur verte s'est effacée. A leur place, des immeubles alignés, accolés les uns aux autres, écrasés sous leur masse, se dressent sans élégance ni beauté. Les rues transversales dégorgent d'enfants et de jeunes gens, et des véhicules de toutes sortes se font une course effrénée. Un vacarme assourdissant envahit l'atmosphère chargée de poussière. Des montagnes d'ordures s'amoncellent aux coins de la rue, et les endroits en contrebas baignent dans l'eau des égouts. La colère, la violence et les injures crèvent les oreilles. Je ne connais personne et personne ne me connaît. Je me demande, je me demande avec un grand désarroi : "Que sont devenus ces lieux merveilleux qui connurent les amitiés les plus douces et les plus belles histoires d'amour ?"

C'est une calamité que d'avoir une mémoire, mais c'est aussi la seule grâce qui demeure.

DIEU BÉNISSE TA SOIRÉE

Aujourd'hui, je commence une nouvelle vie, une vie de retraité. De longues années au service du gouvernement ont eu raison de ma jeunesse et de mon âge mûr, et m'ont emmené jusqu'à la vieillesse. De longues années pendant lesquelles j'ai servi un roi et quatre présidents. Mais nul d'entre eux ne s'est rendu compte de mon existence. Je n'éprouve pas une grande tristesse car, en réalité, je n'ai fait que passer d'un degré d'ennui à un autre plus haut. Les souvenirs me tourmentent et les chimères aussi. Peut-être est-ce une chance, pour le petit insecte errant dans les ordures, de n'avoir ni souvenirs ni chimères. C'est qu'il se complaît dans les ordures, contrairement à moi. A mes yeux, il n'y a aucune différence notable entre mon logement vétuste et les ordures. C'est une injustice – et quelle injustice ! – que je ne vive pas, aujourd'hui, dans un nouvel environnement, propre et pur, et que je ne sois pas, tel un arbre, couvert de feuilles, de fleurs et de fruits. Je me souviens de ma famille et mon visage se crispe d'amertume et de colère. Cependant, le temps des récriminations est révolu. Je ne veux pas croire que j'ai vécu dans cette pièce depuis le temps où j'allais à l'école jusqu'à l'âge de ma retraite. Son aspect et ce qu'elle contient n'ont presque pas changé. Qu'il est solide, ce lit en bois ! Il est inusable, sa solidité et sa résistance n'ont pas été altérées par les ans. Les meubles de nos jours n'ont pas cette robustesse qui défie le temps. L'armoire, pas très grande, a un seul battant couvert d'un miroir de haut en bas, d'un style d'un autre âge. Placé entre les deux fenêtres, le petit bureau sur lequel j'ai révisé mes leçons, du primaire à l'université, a les pieds solides et le plateau écaillé. Le long canapé turc est digne d'un musée, et le tapis persan – cadeau du baccalauréat – est le seul objet ayant conservé son éclat. L'architecture moderne ne connaît plus de pièces aussi vastes, ni de plafonds aussi hauts, ni de sols recouverts de dalles Al-Maasarâni. Même l'immeuble devrait, maintenant, être mis à la retraite. Il ne reste plus de la rue Abou Khôda d'autrefois que son nom. Ruines des temps difficiles. Dans les recoins obscurs se cachent les plus beaux souvenirs. Il n'y a rien de nouveau dans la rue, les habitants exceptés : ils exhalent une impression d'étrangeté, de vulgarité et d'agressivité. Je vis seul, dans un grand appartement composé de quatre chambres et d'une salle de séjour, envahi de poussière. Des cafards et des rats me tiennent compagnie. J'affronte vainement les envahisseurs, l'ennui, la morosité, et aussi les bons souvenirs. Je maudis les souvenirs et les chimères. Je me dis – surtout en nettoyant ma chambre et en faisant mon lit – que j'ai été, un jour, l'espoir et le centre d'intérêt d'une famille qui n'est plus. J'étais aussi la lumière autour de laquelle papillonnaient les jeunes filles. Par Dieu, qu'elles étaient belles, douces et sensuelles ! Mon rêve était modeste, à la portée de tout jeune homme : me marier, m'établir et avoir des enfants. Contrairement à mes amis et camarades, je n'étais pas dévoré par de grandes ambitions qui m'auraient fait endurer des souffrances ou pour lesquelles j'aurais travaillé dur. J'ai connu l'ambition de mes amis et de mes camarades. Certains sont arrivés brillamment à leur but. Mon rêve à moi n'était que la première étape de leur long parcours. Pourquoi ma quête a-t-elle échoué, comment ai-je pu manquer mon but, pourquoi suis-je aujourd'hui si seul ? Je n'ai, pour me tenir compagnie, que le poste de radio, le téléviseur, les souvenirs douloureux et le dialogue inlassablement échangé avec les fantômes fugaces de ma famille. Je leur dis : "Sans vous, j'aurais été ceci et cela." Ils me répondent : "Sans la malchance, nous aurions été ceci et cela..." Dois-je m'obstiner dans ma colère ? Dois-je me résigner à la pitié et à la compassion ? Je ne trouve finalement que la malchance à maudire.

Dans l'après-midi, à cause de la canicule, je cède à l'appel du café. N'importe quel déplacement est préférable à cet appartement qui me répugne. Du temps de ma jeunesse, il ne me reste plus personne : ceux qui sont morts sont bien morts, et les rares qui vivent encore n'ont plus les mêmes goûts qu'autrefois et se sont dispersés dans la grande ville. Quant à la nouvelle configuration du chemin qui va de la rue Abou Khôda au café Al-Nagâh sur la place Al-Gueich, avec ses trottoirs défoncés, son flot humain houleux, ses dais assourdissants, ses véhicules de toutes sortes qui déferlent, collés les uns aux autres, et enfin, partout, la poussière, cette configuration-là s'est ancrée dans les esprits, comme si l'élégance d'autrefois, la douceur, le calme, la quiétude n'avaient été que le fruit de notre folle imagination.

Je retrouve Hamâda al-Tartouchi qui m'attend, assis à la terrasse du café. Il a pris sa retraite cinq ans avant moi. Nos âges voisins et notre solitude nous ont poussés l'un vers l'autre. Tout ratatiné, très marqué par la vieillesse, il paraît plus vieux que son âge : son visage est parcheminé, sa voix éraillée, ses cheveux sont aussi blancs que la cire, ses sourcils tombent sur ses paupières, son regard est fané. Cependant, il est bavard et jovial. Il n'a pas d'amis, mais il est chef de famille, père d'hommes qui ont réussi et qui occupent des postes dans différents ministères. Personne, sauf sa femme, n'habite avec lui sa maison de la rue Al-Chorafa. Il me reçoit avec un sourire qui trahit sa bouche édentée et témoigne de l'amitié chaleureuse qui nous lie :

— Bienvenue. C'est ton premier jour de retraite. Que Dieu te donne longue vie !

— Ce n'est qu'un moment de morosité passagère, sans plus.

— A dire vrai, la retraite m'a davantage affecté.

— Ne trouves-tu pas que, devant les ennuis quotidiens de l'existence, les sentiments romantiques ne sont plus qu'un luxe ?

Il fait un geste de sa main tannée et dit :

— Tu as raison, *'amm* Halîm. De toute façon, le montant de la pension est moins élevé que le salaire.

— Et déjà le salaire ne suffisait pas. Alors, entre les retraités et les victimes de la famine en Ethiopie, il n'y a qu'un pas ou deux…

Avec un rire étouffé, il m'interroge :
— Est-ce que je demande le trictrac ?
Sans enthousiasme, je lui réponds :
— Nous avons tout notre temps, tout notre temps…
— Ton vrai problème est la solitude.
— Eh oui ! Le ministère occupait la moitié de ma vie.
— Ecoute mes conseils. Ne reste à la maison que par nécessité absolue…
Je réponds, pensif, en mettant la main sur le cœur :
— La solitude n'est pas seulement à la maison, elle est ici également…
— Tu ne te consoleras jamais de ton vieux rêve de mariage !
— Est-il trop tard ?
— Dieu seul le sait, mais te reste-t-il assez de forces ?
— Tout le monde est d'accord pour dire que je fais plus jeune que mon âge ! Parfois, j'ai l'impression d'être à nouveau un adolescent. J'ai échappé jusqu'à ce jour aux maladies chroniques courantes. Je n'ai connu que la grippe. J'ai toutes mes dents ; elles sont solides, malgré les quatre molaires plombées. Je n'ai nullement besoin de verres correcteurs pour voir de loin ou pour lire, d'autant que ma passion pour la lecture a beaucoup baissé ces dernières années. Le noir est encore la couleur dominante de mes cheveux, mais je n'aime pas trop y faire allusion par peur du mauvais œil. En vérité, la culture n'a pas extirpé de mon inconscient certaines vieilles croyances !
— Si l'occasion se présente, qu'elle soit la bienvenue. Et si elle ne se présente pas, accepte ton sort. Si tu envies les gens mariés comme

moi, eux aussi t'envient parfois. Par Dieu, rien ne raccourcit notre vie autant que le mariage et le baccalauréat !

Que de fois j'avais entendu ces propos ! Ils entraient par une oreille et sortaient par l'autre. Bien sûr, je n'ai pas eu de soucis comme les siens. Mais il est certain que, depuis la mort de mes parents, je n'ai mangé que des sandwichs et des boîtes de conserve, jamais de plats cuisinés, et je n'ai connu d'autre compagnon que le poste de radio ou le téléviseur. Cependant, jusqu'à maintenant, j'ai toujours le désir de me marier et d'avoir des enfants. Pour finir, j'ai trouvé le salut dans le trictrac. Et le moment où je dois retourner à l'immeuble délabré de la rue Abou Khôda reste le moment le plus triste de ma journée. Depuis le temps que nous nous fréquentons, Hamâda al-Tartouchi a beaucoup appris sur ma vie. Quand je lui ai raconté l'histoire de Malak, il m'a demandé :

— Quel âge a-t-elle aujourd'hui ?

— Elle a, tout au plus, un ou deux ans de moins que moi.

— Comment est-elle, comme femme ?

— Je l'aperçois quelquefois sur son balcon, de loin, en allant au café. Il me semble qu'elle est toujours une femme…

— Elle est veuve, en tout cas. Ses deux fils vivent de façon permanente en Arabie Saoudite. Elle est seule, comme toi, et, de surcroît, elle fait partie de tes proches. Rends-lui visite, mon vieux, et tâte le terrain…

J'ai ri à cette idée étrange, mais, depuis qu'il me l'a suggérée, elle a fait son chemin dans ma tête et frappé mon imagination. Avant cela, Malak ne quittait pas mes pensées, surtout dans les périodes de grande frustration sexuelle. Elle me rendait visite, alors que je me préparais à recevoir le sommeil, nous discutions et l'acte se produisait, mais avec la fille d'autrefois, celle de mon cœur et de mes rêves, l'épouse que la nature avait apprêtée pour moi. Quel dommage ! Je ne dis pas que cet amour a défié toutes ces années. L'amour est mort en son temps. J'avais assisté à son mariage comme un étranger. Mais c'est la solitude et le désir. Je maudis les vicissitudes du temps qui se sont succédé dans mon pays et dans le monde et ont envahi ma demeure. Je déverse mes malédictions sur le lieu où je vis, situé entre Abou Khôda et la place Al-Gueich. Je me demande qui, avant moi, est né, a grandi et pris sa retraite dans un même quartier, une même rue, un même appartement, et, pis encore, dans une même chambre. Et chaque fois qu'il a songé à partir, il a été agrippé par les événements. Je déteste particulièrement le hall d'entrée du vieil immeuble. Il est large, sombre, de jour comme de nuit, et la cage d'escalier est encombrée d'ordures. L'escalier est usé, noir de crasse. Un immeuble sans concierge et des appartements sans domestiques. Malgré mon acharnement à nettoyer et à ranger, une odeur de poussière agresse mes narines. Et s'ajoutent à tout cela la surpopulation, l'*Infitâh*, les guerres et l'ordre économique mondial ! Je n'avais d'autre ambition que d'épouser Malak, la fille de Bahâ effendi Osmân, un parent à moi. Un jour Hamâda al-Tartouchi m'a dit :

— Je ne peux imaginer que le pays puisse sortir de la crise sans en souffrir.

Je lui ai répondu, écœuré :

— Occupons-nous de notre propre crise !… Notre vie se calcule en jours, et celle du pays en siècles…

Il aime parler des affaires publiques, alors que mes tracas personnels me suffisent largement. Je regarde les ruines de l'appartement et je me demande : "Ces ruines ont-elles vraiment connu un jour la chaleur, la tendresse et la dignité ?" Ma mère, après avoir mis au monde Fekreyya et Zeinab, a eu six garçons qui sont tous morts en bas âge, puis je suis né, moi, donnant un nouveau souffle aux sentiments paternels et maternels, devenant la coqueluche de deux cœurs, et même de quatre... Pourrai-je jamais oublier l'amour de Fekreyya et de Zeinab ? Elles me préparaient, toutes les trois, pour que j'accompagne mon père au café, afin de me distraire et de me détendre. Ma mère me coiffait, Fekreyya me mettait le costume de matelot, Zeinab me cirait les chaussures... Mon père sortait de sa chambre sur son trente et un, vêtu de son costume du dernier cri, exhalant un parfum agréable distillé par le barbier, portant une canne à pommeau d'ivoire. De derrière ses lunettes à monture dorée, il me lançait un regard approbateur et disait en souriant :

— Je vous en prie, Halîm bey...

Il s'appelait Abdel Qawi al-Bey. Al-Bey est en fait un nom, pas un titre, mais il l'ajoutait comme titre, bien que mon grand-père al-Bey ait été marchand de *fitîr** dans la rue Al-Cheikh Qamar. Au café, il me commandait de la crème glacée, et parlait à ses amis de mon intelligence précoce : "J'ai une photo de lui qui me rappelle Saad Zaghloul enfant !"

* Galettes ou sorte de crêpes salées ou sucrées, fourrées de fromage, de noisettes, de cacahuètes concassées ou de crème.

En vérité, je n'ai pas les yeux dans ma poche. La table nous rassemblait tous. Voici la famille au grand complet. Mon père, ma mère, Fekreyya et Zeinab. Je les aime tous, cependant j'ai quelques réserves à émettre à leur sujet. Le visage de mon père ne me plaît pas, surtout quand il ôte ses lunettes dorées. C'est un visage ingrat, mince, allongé, un peu émacié, au nez ridiculement petit, au front proéminent et aux yeux si minuscules qu'on dirait des ébauches d'yeux. Menue et jolie, ma mère a de grands et beaux yeux, des cheveux lisses, un nez petit et droit. Quand elle élève la voix, le ton se fait nasillard et plein de récriminations. Quant à Fekreyya et à Zeinab, la malchance s'est concentrée sur elles car elles ont été créées à l'image de leur père. Sans en tirer aucun avantage, j'ai hérité, moi, du beau visage de ma mère. Et, à cause de cette conformation discordante, la malchance s'est installée au sein de notre famille. J'étais le seul chanceux, mais les nuages allaient s'amonceler. L'inquiétude se manifestait clairement dans le comportement et les paroles de ma mère. Elle voyait constamment l'avenir en noir et plus le temps passait, plus son anxiété augmentait. Elle disait à mon père :

— Elles auraient dû faire des études…

Ce à quoi il répondait :

— Que la volonté de Dieu soit faite. Pour ma part, je ne manquerai pas à ma dignité…

Les relations entre mon père et ma mère étaient très bonnes, celles de Fekreyya et de Zeinab avec mon père également. Par contre, les relations entre ma mère et ses deux filles n'étaient que rarement sereines. Comme chacune d'elles était submergée par ses propres appréhensions, cela se manifestait par une tension permanente et des querelles infondées.

Un jour, Ali Youssef, mon camarade et mon voisin, me dit avec conviction :

— Veinard, ton père est riche !

— Pourquoi ? lui dis-je, stupéfait.

— On le voit au premier coup d'œil ! C'est l'homme le plus élégant de notre rue…

Après avoir rapidement comparé mon père à Youssef effendi, son père, j'ai bien voulu le croire… Ali enchaîna :

— Et ton argent de poche, mon vieux !

L'argent de poche de mes amis ne dépassait pas une demi-piastre, alors que le mien s'élevait à une piastre* entière. J'accompagnais, quelquefois, mon père au café ou au cinéma. J'étais né dans le luxe, comme disait mon ami Ali. Notre immeuble, à cette époque-là, était encore neuf, plus moderne que celui d'Ali Youssef ou que celui de Bahâ Osmân, le père de Malak. Il me plaisait, par Dieu, d'être né dans le luxe et de faire partie des riches ! Y a-t-il dans ce monde quelque chose de plus beau que la richesse ? Je disais à ma mère :

— Nous sommes riches !

Elle me répondait de sa voix qui était peut-être ce qu'elle avait de moins beau :

— Il ne nous manque rien, Dieu merci.

— Avons-nous des propriétés ?

— Non, nous n'avons pas de propriétés, me répondait-elle en riant.

— Alors, d'où vient la fortune de mon père ?

— De la protection du Seigneur, mon fils.

Apparemment les riches ne disent pas à leurs enfants, avant un certain âge, la vérité sur leur

* Un centième de la livre égyptienne.

fortune. En tout cas, nous mangions ce que nous avions envie de manger : ainsi, pendant le ramadan, le buffet se remplissait de fruits secs et de gâteaux pour la fête du *Fitr** et nous “invitions” un mouton pour la fête du Sacrifice.

Sans aucun doute, mon père était riche. De notre famille, il était le seul à lire, et c’était l’une de ses qualités. Il lisait assidûment un quotidien et un hebdomadaire illustré. De lui, j’ai hérité l’amour de la lecture. Après m’être rassasié de revues pour enfants, je lui ai demandé de m’acheter des romans traduits. Et c’est ainsi que j’ai commencé à vivre deux vies : la réalité quotidienne, entre l’école et les disputes des femmes à la maison, et une vie imaginaire, peuplée de héros, aussi bien masculins que féminins.

Mon père me demandait :

— Est-ce que la lecture ne te distrait pas de tes études ?

— Mais je réussis, père…

— A toi de décrocher le grand diplôme, disait-il, en essayant de me tenter.

— L’as-tu obtenu, toi, père ?

— De mon temps, le certificat d’études primaires était le grand diplôme. Malgré cela, j’ai aussi obtenu le brevet d’études. Maintenant, vous avez plus d’opportunités. Que veux-tu devenir ?

— Je veux devenir comme toi.

— Que veux-tu dire ?

— Je veux avoir un costume comme le tien, de l’argent comme toi et une maison !

Il éclatait de rire :

— J’espère avoir une meilleure réponse plus tard !

* Fête de la rupture du jeûne.

Comme lui, je faisais mes prières et je jeûnais. Les femmes se contentaient de jeûner, mais j'étais un homme. Mon père était gentil, tendre et aimait la plaisanterie. Quand il se fâchait, il s'enfermait dans sa chambre ou il s'habillait et allait au café.

Mais ces temps sont révolus et leurs héros ont disparu. A Bâb al-Nasr, ils reposent dans un même tombeau dont une partie est réservée aux hommes, l'autre aux femmes.

Ma chambre n'a pas changé. Celle de mon père, juste à côté, est prête à être habitée, agrémentée d'un téléviseur, d'un poste de radio et d'une bibliothèque. Dans la salle de séjour, une table, quatre chaises en bois et une armoire presque vide. Les vieux meubles ont été vendus pour deux fois rien. Les deux autres chambres sont totalement vides. Je n'ai pas de cuisine, au vrai sens du mot. Là, un petit réchaud à gaz sur lequel je prépare le café, le thé et parfois le carvi. Je me nourris de *foul*, de *taameyya*, de quelques boîtes de conserve et quelquefois d'œufs. C'est la nourriture des sages en cette époque de flambée des prix.

La solitude me nargue et je m'évertue à la combattre en allant au café ou en regardant la télévision. Je lis de moins en moins, après avoir longtemps vécu en symbiose avec les géants de la pensée de notre pays et les meilleurs écrivains étrangers traduits en arabe. J'ai acquis une grande ouverture d'esprit et pas mal de clairvoyance. Mais rien de tout cela n'a altéré ma foi, ou du moins ne m'a suffisamment influencé pour que je l'abandonne. Je continue à prier et à jeûner. J'attends la fin alors que je n'ai rien ajouté à la vie, rien entrepris d'important. J'ai peur d'être atteint d'un mal et de ne trouver personne pour me venir en aide, ou que la mort survienne et que je sois laissé sur place jusqu'à ce que mon odeur me trahisse. Je me dis que je dois chasser loin de moi mes obsessions, qu'il est stupide de me faire du souci avant que ne tombe la sentence. Tartouchi trouve ma situation enviable. Que Dieu me préserve du mauvais œil ! Ses fils sont admirables. Ils lui donnent de l'argent au début de chaque mois. Quand l'heure de la mort sonnera, sa maison s'emplira d'hommes et de femmes, et les cris retentiront jusqu'aux quatre coins d'Al-Abbasseyya. Une notice nécrologique sera publiée dans *Al-Ahrâm*. O âme apaisée, reviens à Dieu, soumise et comblée ! L'excellent éducateur a rejoint le Seigneur ! Derrière son cercueil s'avance un cortège respectable, où se mêlent les amis de ses enfants et les parents. Ainsi l'homme affable et insignifiant a droit à un enterrement de première classe. Halîm bey, lui, n'aura pas de notice nécrologique. Son avis de décès paraîtra dans la page des faits divers. Allez, laisse Hamâda t'envier autant qu'il veut ! Il ne connaît pas la solitude, il n'a jamais senti chez lui l'odeur de la poussière. Il se nourrit de viande, bien qu'il n'ait plus de dents. Il a oublié ce qu'est un lit froid, sans la chaleur d'une femme. Il ne connaît pas la privation de relations sexuelles et de paternité. Si seulement j'avais un autre compagnon que toi, je t'aurais maudit ! La télévision est aussi un compagnon, et quel compagnon ! Un monde de magie, de chimères... et de femmes ! Même les spots publicitaires sont une épreuve pour un cœur solitaire. Une vie insignifiante, mais je ne suis pas insignifiant. Jusqu'à hier, j'étais le directeur général des relations publiques au ministère de l'Education. J'aurais pu réaliser mes rêves si les circonstances avaient été autres. A quoi sert une augmentation de salaire de deux points si l'inflation augmente de quatre ? Ce n'est pas seulement la famille qui est responsable de ma situation, mais le monde entier, avec son économie et sa politique. J'avais fui le monde mais il a refusé de me laisser tranquille. Où est le plombier pour me réparer le robinet de la salle de bains ? Je me demande quel est aujourd'hui son salaire. J'aurais aimé dormir la moitié de la journée afin de me délivrer de ta pensée, Malak, mais je ne peux dormir plus de cinq heures. Mon désir ne s'est pas tari. J'ai le sentiment que tu es toujours convenable. Nous sommes tous les deux seuls, Malak. Pourquoi ne ferions-nous pas maintenant ce que la malchance nous a empêchés de faire dans notre jeunesse ? Tartouchi a ravivé l'idée d'une rencontre puis m'a laissé en proie à son obsession. Mon imagination l'a reçue avec une avidité effrénée. Tu appuies sur la sonnette et tu attends. Elle ouvre le judas et regarde. C'est toi ? Oh ! Entre ! Comment as-tu pensé à nous ? Je passais par là, alors je me suis dit… Bienvenue… Une discussion sur tout et sur rien. Je tourne en rond, je fais tout un manège, mais mon regard est braqué sur son corps. Elle lit dans mes yeux, comprend et fait un geste furtif pour m'encourager. Je m'assois à ses côtés comme autrefois. Elle m'invite à m'approcher davantage, tout en opposant une faible résistance. Une douce étreinte sensuelle dissipe la morosité ambiante. Ah ! si les rêves pouvaient devenir réalité ! Malak ! Il m'arrive de rencontrer d'autres femmes dans les recoins du quartier, enveloppées des senteurs du passé, mais le temps les a changées, sans pitié, et il ne reste plus d'elles que leur nom. Elles me sont devenues étrangères, malgré un sourire fugace de temps en temps. Des femmes estimées et des mères de famille. N'était l'adversité, j'aurais fait de l'une d'elles une épouse honorable. Il n'y a plus de poésie, ses cadences sont déréglées. Aujourd'hui, je change de sous-vêtements une fois par semaine, pour faire des économies de lavage et de repassage. Je ne mange du kébab qu'aux grandes occasions. Le retraité est abandonné dans sa retraite, comme le mort dans sa mort. Jadis, je me pavanais, fier de ma verte jeunesse. Les mères disaient à la mienne : Halîm est pour Malak, Halîm est pour Bouthayna, pour Rabâb, pour Bissa. Ma mère était préoccupée par la situation dramatique de ses deux filles. Les années passaient, sans espoir. Toutes les filles se mariaient sauf Fekreyya et Zeinab. Ni les étrangers ni les gens de la famille ne s'approchaient d'elles. Je me disais avec étonnement : “Que de femmes laides sont pourtant mariées ! La fortune de mon père ne suffit-elle pas à combler cette lacune ?”

J'écartais loin de moi l'infortune de ma famille et je me pavanais, fier de ma jeunesse. A toutes sortes d'occasions, Malak, Bouthayna, Rabâb et Bissa se montraient chez nous, tels des astres, accompagnant leurs mères. Dans la morosité de notre appartement jaillissaient des éclairs de séduction et de coquetterie et s'échangeaient des regards fous de convoitise et de désir. Parfois, on se disait un mot doux, on s'effleurait gentiment ou on volait un baiser, trompant la surveillance des chaperons. Un amour diffus qui ne s'était pas encore fixé. En compagnie de chacune d'elles, je faisais semblant d'oublier les autres. Cependant, Malak se distinguait par une personnalité forte et intelligente. Un jour, alors que j'étais dans le secondaire ou à l'université, je ne m'en souviens plus très bien, ma mère me demanda :

— Laquelle est ta préférée ?

Je réfléchis longuement, puis je répondis :

— Je n'en sais rien !

— Mais il y en a sans doute une parmi elles qui a, d'une certaine façon, l'avantage...

Je dis en pensant à Malak :

— Elles se valent presque toutes.

Elle rit et s'exclama :

— Mon espoir le plus cher est de voir tes enfants. Que Dieu facilite les choses pour Fekreyya et Zeinab afin que tu aies le champ libre...

Les aventures n'étaient pas nombreuses. Un jour, j'ai rencontré Bouthayna à Al-Abbasseyya Est et nous avons échangé un baiser rapide. J'ai échangé également des cadeaux symboliques avec Rabâb, glissé furtivement des billets doux dans la main de Bissa. Avec Malak, par contre, les regards remplaçaient les cadeaux et les billets doux. J'étais heureux d'être le centre autour duquel elles gravitaient. Ah ! si seulement j'avais pu les rassembler toutes dans un même harem ! Mais Malak s'avançait lentement et paisiblement, éclipsant toutes les autres. Son image ne quittait pas mes pensées. Debout dans le compartiment réservé aux femmes, dans le tramway d'Al-Abbasseyya, elle ressemblait, habillée de sa robe blanche, à un halo de lumière : grande, pulpeuse, la poitrine généreuse, la peau blanche, les cheveux d'un noir de jais et les yeux envoûtants. Elle avait obtenu le baccalauréat, et elle était bonne ménagère. Parce que nos parents respectifs échangeaient d'aimables propos, que nous nous rendions mutuellement visite et que j'allais et venais fréquemment chez elle, nous étions de fait fiancés, sans qu'on ait eu besoin de l'annoncer. C'est pourquoi les prétendants se détournèrent d'elle, que ses sœurs se marièrent tandis qu'elle m'attendait. Elle était ma femme, j'étais son homme, et mon rêve se bornait – après que j'aurais terminé mes études et obtenu un emploi – à la prendre en mariage. Je restais souvent chez elle, seul avec elle. J'étais comme un chaudron sur le feu, dont le couvercle frémit. Elle m'observait de ses yeux qui distillaient le désir et le rêve. Nous échangions des baisers et elle me repoussait, badine :

— Toute chose a ses limites.

Je ne voyais que l'instant présent, féerique, mais son regard se portait vers l'avenir. Elle me disait franchement :

— A toi d'économiser cent livres, après avoir trouvé un emploi, et tout sera pour le mieux...

— Mon père ne se montrera pas avare !

— Ton père est fonctionnaire comme l'était le mien !

— Il est plus que cela !

Notre histoire d'amour était connue de toute la rue. Mes parents s'en délectaient et Ali Youssef me taquinait à ce sujet. Sans le drame de Fekreyya et de Zeinab, il n'y aurait pas eu cette réserve qui apparaissait parfois chez mon père, et qui ne se cachait qu'à peine chez ma mère. Mais que faire ? Il n'y avait pas que l'amour qui m'obsédait. Je suis fait pour ce qui est licite. Le licite uniquement ! Le licite et la paternité !

Aujourd'hui, Hamâda al-Tartouchi et moi avons joué au trictrac le prix d'une tasse de café. Je l'ai battu. Mais très vite, ma joie s'est émoussée. Nous regardons maintenant la place Al-Gueich, sous la lumière des puissants lampadaires. Que de femmes, d'hommes et d'enfants ! L'histoire de la civilisation est représentée par les divers moyens de transport : voitures à bras, calèches, autobus, tramways... Des bruits en tout genre : des discussions, des disputes, des cris, des chansons... Hamâda me dit :

— Le pays…

Il explique son point de vue, ses griefs, son mécontentement. Mon calme l'agace :

— Rien ne te préoccupe…

— Mes problèmes me suffisent largement !

— Et pourtant, tu as vécu d'autres époques, d'autres événements, tu as connu des guerres, d'autres hommes…

— Pas tant que ça… !

— Tu ne te préoccupes que de ta personne…

— L'état de ma personne est bien pire que celui du pays.

— Mais tu es un homme cultivé.

— Je n'en ai rien à faire !

Il éclate de rire, son rire étant ce qu'il a de plus fort :

— Commence une nouvelle vie.

— Que veux-tu dire ?

— Tu parles bien l'anglais, tu as pris des cours du soir d'administration et de secrétariat, poussé à le faire par l'*Infitâh*, bien entendu. Alors, il te suffit de recommencer à zéro…

— J'ai besoin de souffler un peu…

— Je crains que tu ne prennes goût à la vie de retraité.

— Ne t'en fais pas pour moi…

Il y a beaucoup d'offres d'emploi dans le privé, les salaires, dit-on, sont élevés, mais ils ne sont pas suffisamment élevés pour changer ma vie. Jamais ils ne me permettront de payer un pas de porte pour que je change de logement et m'installe dans un nouveau quartier. Mais ma table, si dégarnie, sera couverte de mets chauds.

Je lui dis alors :

— Sois patient, et tu en seras récompensé.

— C'est à toi de faire honneur aux retraités !

Je jouis d'une santé solide, mais je ne peux en profiter. Je dois cependant rendre grâce à Dieu et le remercier pour Sa bonté. Lui seul connaît mes longues privations et ma solitude, Il est Clément et Miséricordieux.

— Si ma foi avait été plus profonde, j'aurais été plus heureux.

— L'homme a la foi ou il ne l'a pas, mais il ne peut pas être entre les deux.

— Ne sois pas tranchant, comme une lame de couteau.

Il s'esclaffe :

— Je n'ai pas confiance dans la foi des intellectuels.

Je me retiens… Il passe sa mauvaise humeur à droite et à gauche, puis s'en va dormir tranquille.

Mais il est la seule personne qui me reste dans cette grisaille. Où sont les amis ? Où sont les êtres chers ? De ma chambre, j'entendais ma mère discuter avec la mère de Rabâb ou celle de Bouthayna, je ne m'en souviens plus.

— Halîm ne doit pas se lier avant d'avoir terminé ses études…

C'était logique, mais cela m'avait exaspéré. Cependant, ce qui atténuait la portée de ces paroles, c'était qu'elles n'étaient pas adressées à la mère de Malak. Cette dernière me demandait :

— Quand allons-nous annoncer nos fiançailles ?

— L'atmosphère à la maison ne m'autorise à le faire que quand j'aurai terminé mes études…

Elle faisait semblant d'être convaincue, résignée, et sa mère se résigna, sans être convaincue. Bouthayna, Rabâb et Bissa se marièrent alors que j'étais à l'université. Mon âme ne manquait pas d'être secouée chaque fois que je faisais mes adieux aux mariées, mais c'était une secousse faible et passagère. Le mariage est plus fort que l'amour, et sa magie plus grande et plus durable. Très vite, les rêves de la jeunesse se volatilisent tel le parfum d'une femme qui passe, furtive. Toute ma vie, je n'oublierai pas ce que Malak m'a dit, dans un moment de grâce :

— Si un prince se présentait à moi, je le refuserais. Je n'ai que toi…

C'était un amour sincère, si grand ! Quelle perte ! Un jour, de la fenêtre de sa chambre, elle m'avait surpris échangeant des signaux avec Bouthayna. Dès sa première visite avec sa mère, elle entra brusquement dans ma chambre et me demanda avec pudeur :

— Dois-je te féliciter ?

Je lui demandai, surpris :

— Pourquoi ?

— Bouthayna ?

J'étais embarrassé. Je la regardai longuement alors qu'elle me fixait du regard avec courage et insistance. Qu'elle était belle, essayant de cacher sa jalousie derrière son orgueil !

Je murmurai avec sincérité :

— Nulle autre que toi, Malak.

Elle éleva la voix pour qu'on l'entende à l'extérieur :

— Prête-moi un livre.

— As-tu lu *A l'ombre des tilleuls* ?

— Oui.

— Je te prête *Les Souffrances du jeune Werther*.

— Donne-le-moi, répondit-elle, le sourire aux lèvres.

A partir de ce moment-là, je commençai à chasser de ma tête toute idée de séduire d'autres filles. Je ne rêvai que de mariage. Je ne suis fait que pour ce qui est licite. Je ne suis pas comme mon ami Ali Youssef et les autres amis. Un soir, ils décidèrent qu'il nous fallait tenter l'aventure, peut-être que la chance nous sourirait… Oui, tentons l'aventure… Mais c'est de l'histoire ancienne. Aujourd'hui, sur le chemin du café, je me demande s'il était écrit que je ferais ce trajet qui me donne le vertige d'Abou Khôda à la place Al-Gueich. Il n'y a de force ni de puissance qu'en Dieu ! J'imagine mon retour à la fin de la soirée, alors la joie passagère que je ressens s'évanouit. Al-Abbasseyya me dégoûte comme peut me dégoûter un visage répugnant. Et l'on dit que la vie commence à soixante ans. Est-ce vrai ? Combien j'aspire à un nouveau paysage, à respirer un air pur, à être dans un endroit entouré d'arbres, avec de belles femmes qui se dandinent au crépuscule ! Je brûle de faire partie d'un club rempli de connaissances et plein de distractions ; j'ai besoin de la chaleur qui fait oublier à l'homme l'obsession de la maladie et de la mort. La jeunesse et l'argent, c'est cela même la vie. On parle partout de l'éclosion de fortunes soudaines, des soirées données dans les appartements meublés, des noces dorées célébrées dans les grands hôtels. Où est le chemin qui mène à cette vie-là ? Quelques amis sont encore vivants. Où sont-ils ? J'ai rencontré un jour le docteur Hâzem Sabri devant *A l'américaine*. Nous nous sommes serré la main, avons rapidement échangé quelques mots, et nous nous sommes quittés ! Qui pourrait croire que nous étions toujours ensemble durant toute notre enfance, durant nos études primaires et secondaires ? La mort a choisi les autres. Il ne reste plus que le bon vieillard qui me fait signe de la main, assis au café. Il m'accueille avec un sérieux inhabituel :

— Je sais ce qui te rend matinal aujourd'hui !

Je m'assois en lui demandant :

— Quoi donc ?

— La crise de la livre et du dollar !

Je ris de bon cœur, ce qui est fort rare :

— Sacré vieux bonhomme !

Il ajoute, préoccupé :

— J'ai fait un drôle de rêve te concernant.

— Vraiment ?

— Je t'ai vu sur un âne, avec un grand ballot sur la tête. Puis tu as jeté le ballot en l'air et tu as donné des coups de pied à l'âne pour qu'il aille plus vite. Je t'ai demandé quelle était ta destination, et tu m'as répondu que tu allais effectuer la *'omra**...

— As-tu une interprétation de ce rêve ?

— Evidemment... Le bonheur est à portée de la main. Cependant, tu devras chasser tes mauvaises pensées !

J'aime cet homme, comme je l'ai aimé le jour où il m'a proposé de rendre visite à Malak. Je dois avouer qu'il égaie ma solitude, et que, sans lui, je serais devenu fou à force de parler seul.

Ils ont donc décidé qu'il nous fallait tenter l'aventure, peut-être que la chance nous sourirait... Nous sommes ainsi entrés dans une taverne, et nous avons dîné, bercés par les airs d'une mandoline. Pour la première fois, j'ai bu une coupe de vin et je me suis enivré. Nous avons ri à gorge déployée, sans raison, emportés par l'exubérance de notre joie de vivre. Nous avons ri jusqu'à déranger les ivrognes qui nous entouraient. Pour la première fois aussi, nous avons pris d'assaut la fameuse allée. Chacun de nous s'en est allé avec une femme étrangère à notre quartier. La mienne s'est dévêtue, machinalement, avant que j'eusse fermé la porte derrière moi. Je suis resté interdit et mon cœur s'est dérobé. Elle a jeté un regard hargneux et m'a dit : “Eh, toi ! Je ne suis pas une infirmière !” Quand je suis sorti à l'air libre, mon estomac s'est soulevé et a vomi tout ce qu'il contenait. L'un d'entre nous a expliqué que, la première fois, on ne pouvait éviter des

* Petit pèlerinage que le musulman peut faire à n'importe quel moment de l'année.

réactions désagréables. Mais la deuxième fois, cela n'a pas été mieux. Je me suis dit alors que l'alcool et ce genre de femmes ne me réussissaient pas. Où était le feu qui me brûlait en présence de Malak ? Ali Youssef, désespérant de moi, me dit :

— Ton estomac est musulman ainsi que tes instincts…

Tout cela m'a convaincu qu'il n'y avait d'issue pour moi que dans le licite et le mariage. A vrai dire, c'était un espoir modeste, facilement réalisable. L'emploi puis le mariage. Les amis rêvaient d'une autre vie : la puissance, le pouvoir ou la réussite professionnelle. Certains s'affiliaient à des partis politiques et côtoyaient les leaders. Moi, mes ambitions se limitaient à un emploi qui m'assurerait un gagne-pain, un mariage avec une femme honorable et des enfants. En plein combat politique, mon père me disait :

— Nous, les fonctionnaires, nous sommes les serviteurs du gouvernant.

Je lui rapportais ce que mes oreilles glanaient sur le loyalisme de certains leaders et sur le laxisme d'autres. Il répondait :

— Ce sont des porcs qui se battent pour le pouvoir. Il faut être fou pour gâcher sa vie ou son avenir quand les dés sont pipés…

Sa conversation préférée tournait toujours autour de la fonction publique, des fonctionnaires et des cadres, que ce fût au café ou à la maison. Moi, je m'appliquais, j'étudiais et je réussissais, mais sans plus. Je ne me torturais pas pour réussir brillamment et obtenir un poste très élevé. Je lisais, je jouais et j'aimais. Tous mes amis témoignaient de la beauté et de la droiture de ma bien-aimée. De jour en jour, mon amour pour elle grandissait. Je tournais autour d'elle, fou de désir et d'amour. A certains moments, elle fronçait les sourcils et murmurait :

— Si tu vas trop loin, tu vas nous déshonorer.

Je lui répondais d'une voix plaintive :

— Je souffre à en mourir…

Elle me suppliait :

— Parfois, je n'aime pas ta fougue. L'amour est, par nature, courtois. Sois pour moi ce que je suis pour toi…

Elle m'offrit sa photo que je gardai près de mon cœur. Je vécus les meilleurs moments de ma vie à l'ombre de son amour. Mais l'exubérance de ma jeunesse me faisait souffrir, et, contrairement à Ali Youssef, je ne réussis pas à la dompter. Il était mon meilleur ami. Nous étudiions ensemble, chez lui ou chez moi. Il était plus petit que moi et son visage était plus beau. Plus intelligent, il m'expliquait parfois ce qui me paraissait obscur. Il était plus cultivé et plus politisé que moi. Il disait avec ardeur :

— Je vivrai jusqu'à l'avènement d'une ère nouvelle, sans roi ni Anglais.

Il me parlait des nouveaux courants de pensée, comme celui des Frères musulmans, des marxistes ou de la Jeune-Egypte, mais il n'abandonna jamais le Wafd. Il fut longtemps amoureux d'une jeune fille juive qui disparut au début de la Seconde Guerre mondiale. Je ne lui connus pas d'autre amour. Je me figurais qu'il n'avait pas de cœur. Nous fîmes ensemble des études de droit. Je dis un jour à Malak :

— Il ne nous reste plus que quelques années d'études, après quoi, nous pourrons nous préoccuper de notre avenir.

Des filles, Malak était la seule à rester encore avec sa mère, bien qu'elle fût la plus belle.

— Si j'avais pu continuer mes études ! disait-elle.

— Serais-tu tentée par une vie professionnelle, toi aussi ?

— Pourquoi pas ?

— Mais je veux que tu sois une femme au foyer !

Je ne discute pas le droit des femmes à l'éducation et au travail, mais je préfère que la femme reste au foyer. Ali Youssef me jugeait par trop conservateur :

— Tu es comme ton estomac, tu ne portes pas tes regards vers la nouvelle vie…

— N'exagère pas. Je veux juste fonder une famille supérieure à la nôtre…

Nous avions fini nos études l'année qui précéda le déclenchement de la guerre. Nous étions devenus des “maîtres”, comme on dit. Mais nous ne pouvions pas prétendre à des postes importants. Moi, à cause de mon niveau moyen, et Ali Youssef, à cause de son activisme politique. Ali était apparenté à l'avocat Gaafar Borhâm qui l'attacha à son cabinet. Et mon père se démena pour me trouver un poste à la direction générale du ministère de l'Education. Sans le problème de Fekreyya et de Zeinab, il aurait considéré que sa mission dans la vie était accomplie. Quoi qu'il en soit, notre famille en fut heureuse, et la famille de Bahâ effendi Osmân, celle de Malak, le fut tout autant. Mes visites chez Malak, après avoir obtenu cet emploi, étaient chargées de nouvelles significations. La discussion tournait autour des dispositions à prendre et de l'avenir. L'intimité et les signes d'amour avaient disparu. Je lui dis, comme pour m'excuser :

— De nos jours, les postes importants sont très rares.

— C'est entendu… Il n'est pas nécessaire de t'excuser…

— Huit livres par mois suffiront.

— C'est plus qu'il n'en faut.

— Si Dieu le veut, les préparatifs ne dureront pas longtemps.

Elle baissa la tête, acquiesçant, rougissant de bonheur. J'admirai sa taille élancée, alors qu'elle me servait le café, et je me demandai si, après l'annonce de nos fiançailles, je n'aurais pas droit à un peu plus…

Hamâda al-Tartouchi m'interroge, moqueur :

— Dès qu'on arrête de jouer au trictrac, voilà que tu t'évades vers d'autres cieux. A quoi penses-tu ?

— J'observe le charmeur de serpents entouré d'enfants qui fait ses tours de magie devant le café, et, avec dégoût, je regarde le serpent autour de son cou.

— Aimes-tu les charmeurs de serpents ?

— Pas du tout.

— Mon petit-fils est très malade…

— Dieu lui vienne en aide…

— Te souviens-tu du poème qui commence par "Et nos enfants sont comme…" je ne sais plus quoi ?

Je me souviens de l'avoir déjà lu, mais je ne retiens pas les poèmes.

— Aujourd'hui, j'oublie ce qu'il faut retenir et je me souviens de ce qui est inutile…

— Je suis comme toi.

— Il m'arrive d'oublier certaines règles de grammaire que j'ai pourtant enseignées toute ma vie !

— Dieu nous protège !

Il dit en riant :

— Tu as besoin d'une femme, en plus de Sa protection !

Mon père fut mis à la retraite l'année même où j'entrai en fonction. Je lisais sur son maigre visage un désarroi qu'il cherchait à dissimuler derrière un pâle sourire et une certaine pudeur. Il insista pour ne pas changer ses habitudes. Il se couchait vers minuit, se levait tôt, quittait la maison à huit heures du matin, au lieu de sept, revenait à midi du café des Dawâwîn, au lieu de revenir du ministère, déjeunait, faisait sa sieste puis repartait au café. Mais il était triste. Je décidai de le soulager et d'égayer son cœur. C'était à la fois mon père et mon ami. Entre nous, point de pudeur. J'allais lui dire : “Viens, allons demander ensemble la main de Malak à Bahâ effendi Osmân. C'est le jour tant attendu pour moi et pour toi aussi. Cela ne sert à rien d'attendre, jusqu'à la fin des temps, le mariage de Fekreyya et de Zeinab.” Mais il mourut subitement, sans être malade et sans qu'on s'y attendît, tôt le matin, alors qu'il buvait son café, après le petit-déjeuner. C'était le cœur, comme en avait décidé le médecin plus tard. Des cris retentirent dans la maison ; de douleur, on se frappait le visage. Je pleurai avec les femmes, comme elles. Je l'avais aimé d'un amour qui ne pouvait être comparé à aucun autre, pour personne d'autre. Sa mort m'éprouvait à un âge où l'idée de la mort est difficilement acceptée.

Les années se succédèrent les unes après les autres et je m'attristai un jour de ne plus être triste. Ali Youssef me dit, pour me réconforter :

— La crise cardiaque est la mort la plus clémente pour ceux qui la subissent, mais la plus cruelle pour les proches du défunt…

Il me donna l'exemple de son père. Je n'aurais jamais pensé qu'on me réconforterait un jour. Une nouvelle réalité m'apparut, bien qu'elle m'eût accompagné tout au long de ma vie. Je ne pris conscience de notre pauvreté qu'après la mort de mon père. J'avais vécu dans le bien-être des faux espoirs. Je fus consterné de découvrir que mon père n'avait laissé aucune fortune, à part quarante livres qu'il avait confiées à ma mère pour les funérailles et l'enterrement. Quel était alors le mystère de l'aisance dans laquelle nous avions baigné ? C'était tout simplement la crise mondiale dont je pris connaissance en survolant les journaux, sans trop y prêter attention. Les salariés se distinguaient par leur revenu fixe qui, bien que ridicule, était devenu le moteur de la vie économique. Les denrées n'étaient pas chères, mais ne trouvaient d'autres acquéreurs que les fonctionnaires. C'est pourquoi nous avions pu manger, boire, nous vêtir et marcher la tête haute dans les rues du Caire. Avec le déclenchement de la guerre, tout se mit à changer. Il y eut un boom économique, les prix grimpèrent et les propriétaires reprirent leur souffle. Les poches de ceux qu'on appela plus tard "profiteurs de guerre" se remplirent. La vie devint difficile pour les fonctionnaires et l'horizon leur parut bouché. C'est ainsi que le jeune homme gâté se retrouva chef de famille, sans en avoir une à lui, responsable d'une mère et de deux sœurs vieillissantes, avec une petite retraite qui suffisait à peine à les vêtir décemment et un salaire dont le pouvoir d'achat diminuait de jour en jour. Dans ces conditions, comment pouvais-je me fiancer et me marier ? Après la cérémonie du quarantième jour de la mort de mon père, je rencontrai Malak chez elle. L'atmosphère laissait augurer des déceptions et des tracas. Le chagrin était encore vivace en moi et elle le respecta. Mais je ne l'avais jamais vue aussi sombre.

Je lui dis, accablé :

— Cela a été un choc de savoir que mon père ne nous avait rien laissé !

— Et la retraite ? me demanda-t-elle.

— La retraite ? Mais, de quelle retraite parles-tu, Malak ?

Elle murmura :

— C'est comme si c'était un assassinat !

— Mais c'est un assassinat !

— As-tu une idée de l'avenir ?

— Je ne fais qu'y penser. Il me faut un peu plus de temps.

Mon désir pour elle était plus ardent que jamais. Etait-ce la tristesse qui attisait ma flamme ? Dans mes pensées les plus folles, j'ai même envisagé de la violer. Nous nous quittâmes terriblement inquiets. Comment et quand me marier ? Telle était la question qui m'obsédait, qui me poursuivait et qui m'accablait. Tous mes collègues au ministère étaient mariés et s'étonnaient que je ne le fusse pas encore. Plusieurs d'entre eux étaient disposés à me présenter des filles à marier. "Cela ne te coûtera rien. Mais tu fais partie d'une génération révoltée qui préfère vivre dans le péché…", me disaient-ils. J'écoutais, je souffrais et je me taisais. Quelle malédiction ! Je ne me doutais pas que la vie me réserverait cette situation sans issue. Un jour, ma mère entra dans ma chambre, s'assit à mes côtés sur le canapé, vêtue de sa robe de deuil. Les yeux baissés, elle me dit :

— J'espère que je ne me suis pas trompée, Halîm...

— Que se passe-t-il ? lui dis-je, ne me doutant de rien.

— Nous n'y pouvons rien !

Après un silence, elle poursuivit :

— La mère de Malak m'a rendu visite ce matin. C'est mon amie, depuis toujours. Elle a le droit, tout le droit de penser au bien de sa fille. Elle m'a proposé d'annoncer vos fiançailles et s'inquiète pour l'avenir. Je lui ai dit : "Toi qui es proche de mon cœur, je ne peux rien te cacher. Malak est comme ma fille et je ne trouverai jamais pour Halîm une fille plus belle, mieux éduquée et plus proche. Mais voilà notre situation, tu n'es pas une étrangère." Je lui donnai tous les détails de notre situation, puis j'ajoutai : "Le regard porte loin, mais la main, point !" "Ne pouvons-nous pas annoncer les fiançailles pour arrêter les on-dit des gens et de la famille ?" me répondit-elle. Alors je lui expliquai que le problème était de savoir quand tu allais pouvoir t'occuper de deux maisons. Nous nous sommes quittées. J'étais désolée, et elle en colère. Ai-je commis une erreur, mon fils ?

J'étais furieux, mais convaincu qu'il n'y avait pas de solution. Je ne trouvais pas d'exutoire dans l'agressivité ou les reproches. Les faits étaient là, têtus, durs comme le roc. Je ne pouvais me battre que contre un fantôme appelé la malchance. Malgré tout, je lui en voulus.

Dieu, quel jour funeste ! Je me hâtai de rendre visite à ma bien-aimée, et, pour la première fois, je fus reçu avec froideur. Malak avait un visage fermé, sans éclat ni coquetterie. Sa mère assista à la rencontre et me demanda avec une ironie amère :

— As-tu demandé la permission à ta mère avant de venir ?

Je fus pris de court et décontenancé. Elle continua, avec humeur :

— Je n'imaginais pas cette fin déloyale.

Je répondis d'une voix brisée :

— Les circonstances sont défavorables, vous ne l'ignorez pas.

— Dieu ne peut accepter qu'un jeune homme comme toi sacrifie sa vie à cause de la malchance des autres. Chacun doit assumer sa part en bien ou en mal. Et ma fille, quelle faute a-t-elle commise ?

— Laissez-moi vous expliquer…

Elle me coupa la parole :

— Les explications ne m'intéressent pas. Ce qui m'intéresse vraiment, c'est l'avenir de ma fille et sa réputation !

Je protestai :

— Sa réputation est toujours excellente.

— Non, tes visites ont un sens qui ne lui est plus favorable.

Malak protesta :

— Maman !

— Toi, tu te tais !

Je ne voyais plus rien. On me chassait. Je vacillai sous les coups de l'humiliation et du désespoir. Je me demandai, effaré : “Est-ce que vraiment tout est fini ? L'amour et l'espoir ? Malak et le mariage ?” Une tempête de haine avait tout enseveli. L'horrible réalité me prit à la gorge : j'avais l'infortune d'avoir une famille non fortunée. Ce soir-là, à la maison, régnait la même ambiance que le jour de la mort de mon père. Ma mère, Fekreyya et Zeinab étaient assises sur le même canapé, au salon, le regard fuyant, accablées, honteuses.

— Nous sommes une charge trop lourde pour toi. Mais que pouvons-nous faire, face à notre destin ? dit ma mère.

Fekreyya, qui était plus tendre avec moi que ma mère, me dit :

— J'aurais fait l'impossible pour te rendre heureux, mais j'en suis incapable.

Zeinab resta silencieuse. Elle n'était pas la moins affligée. Je marmonnai, tout en me dirigeant vers ma chambre :

— Que la volonté de Dieu soit faite !

Aujourd'hui, chaque fois que je regarde en arrière, je ne vois que futilité, stérilité, frustration, rêves fous d'argent et de femmes, et la prison répugnante d'Abou Khôda. Chaque fois que Hamâda al-Tartouchi constate que je suis dans les nuages ou mélancolique, il me dit mi-badin, mi-sérieux :

— Va la voir, elle est seule, comme toi…

Elle continue à éveiller en moi le désir, comme aux premiers temps. Que de fois, dans mon imagination, j'ai eu des relations avec elle ! Et Hamâda d'ajouter :

— Si les temps avaient été différents, tu aurais trouvé une femme pour te servir "globalement" !

Puis, en éclatant de rire :

— Je dis ça comme on dirait "développement global" !

Le vieux est de bonne humeur et fait des jeux de mots, maudit soit-il ! Il poursuit :

— Tu veux que je te dise la vérité ? Tu aurais pu l'épouser…

Je lui décoche un regard furibond.

— Si j'avais été à ta place, j'aurais meublé ma chambre, même à crédit, joint la fille à ma famille, et que la volonté de Dieu soit faite !

— Ces idées ne me venaient pas à l'esprit à cette époque-là.

— Ne te mets pas en colère. Je trouve que tu as accepté la défaite sans te battre.

— Je te prie de ne pas me faire porter la responsabilité de ma malchance, lui dis-je, sur un ton dur.

A la déveine de ma famille s'ajoutaient l'exaspération et la rancœur. Fekreyya et Zeinab en chicane, Fekreyya et sa mère en querelle, Zeinab et sa mère en dispute :

— Si nous avions fait des études et trouvé un emploi, nous n'en serions pas là. Que Dieu vous pardonne ! disait Fekreyya.

— L'époque du défunt n'était pas comme celle-ci. Laissez-le reposer en paix, s'écriait ma mère.

Et Zeinab répliquait :

— Si seulement j'avais le courage de travailler comme domestique…

— Que Dieu me donne le repos éternel de la mort ! rétorquait ma mère.

Ah ! maison de malheur et de morosité ! N'y aurait-il pas une fin à ces échanges futiles ? A moi, par contre, elles offraient le meilleur de leurs sentiments de tendresse et d'amour. J'étais le chef de la famille et sa victime. Autant je leur en veux, autant j'éprouve pour elles de l'affection et de la tristesse. Ma mère était, ô combien, une excellente femme d'intérieur ! Qu'elle avait été heureuse avec mon père ! Mais elle n'avait jamais imaginé cette triste fin pour sa famille.

Je lui demandai un jour, peiné :

— Pourquoi tant de violence dans cette maison ?

— Comment extraire le miel du vinaigre ? Toi-même…

— Moi-même ! lui dis-je, sur le qui-vive et en lui coupant la parole.

— En vérité, je souhaite, pour toi, que tes sœurs se marient…

— Et si le prétendant miracle venait à se présenter, est-ce que je trouverais de quoi leur faire un trousseau ?

Elle soupira et se tut. Je continuai, acerbe :

— Et moi, qu'ai-je fait pour mériter cela ?

— Va-t'en et marie-toi. Laisse-nous à notre destin !

— Même cela, je ne peux pas le faire !

Cette maison de malheur, je la haïssais de plus en plus, les mêmes têtes, la même amertume, les mêmes frustrations. Fekreyya était violente, Zeinab égoïste ; elles ne quittaient pas la maison par haine du monde et parce que leur armoire à linge ne contenait aucun vêtement convenable. Pendant la guerre, alors que les prix ne cessaient de grimper, je dis à ma mère :

— Notre drame est devenu un luxe. Nous devons maintenant nous discipliner au maximum dans nos dépenses !

— Je fais tout ce qui est en mon pouvoir.

— Mon père – paix à son âme – n'a pas été prévoyant !

Elle bondit pour le défendre, comme d'habitude :

— Il ne pouvait pas mieux faire.

— Il a dépensé sans compter, m'a gâté exagérément et a gâché ma vie !

— Tu le blâmes parce qu'il t'a aimé plus que tout au monde ?

— N'aurait-il pas été plus juste de faire des économies pour le mariage de ses filles ?

— Il avait l'intention d'utiliser une partie de sa retraite chaque fois qu'il en aurait eu besoin pour le trousseau de l'une d'elles…

Un jour, au bureau, je reçus un appel téléphonique. A l'autre bout du fil, j'entendis une voix qui fit battre mon cœur à tout rompre. Malak, mon seul amour. Elle me donnait rendez-vous, à la tombée de la nuit, rue Al-Sarâyât. Nous nous sommes rencontrés, mais mon cœur ne vibrait d'aucun espoir, après une longue année de séparation. Voilà à nouveau le beau visage et le corps plein de séduction. Embarrassée et intimidée, elle me dit :

— Tu m'as oubliée, bien sûr !

Je répondis, alors que nous avancions :

— Cette fin ne m'était jamais venue à l'esprit.

— Je refuse tous les prétendants qui se présentent à moi. Mais comment tenir bon, face à toute cette tourmente ?

— Je suis honteux, Malak.

— N'y a-t-il aucune lueur d'espoir ?

— Cela va de mal en pis !

Elle se tut, navrée.

— Il ne serait pas juste que je t'abuse.

Nous marchions en silence, jusqu'à la place de l'Hôpital-Français, comme si nous suivions un cortège funèbre... Elle murmura :

— Je peux faire ce que tu me conseilles de faire.

— Je ne te conseille rien. Je me sens coupable de t'avoir fait perdre toutes ces années...

La nuit tombait, accablante et dense, d'autant plus que les lampadaires étaient peints en bleu pour obéir aux instructions de la défense aérienne. Nous devions nous séparer avant d'arriver à la rue Al-Abbasseyya. La séparation finale. Nous nous arrêtâmes. Je lui demandai :

— Malak, est-ce que je mérite, à tes yeux, le moindre blâme ?

Elle secoua la tête, sans rien dire. Nos mains se touchèrent. Je finis par dire :

— Je prierai toujours pour ton bonheur...

Je la suivis du regard, tandis qu'elle s'éloignait. Qu'avait donc fait cette rencontre sinon raviver les peines et rouvrir la plaie ? Ma colère redoubla d'intensité si bien que je devins un lecteur assidu de la presse d'opposition, sans m'intéresser vraiment à la politique. Je demandai un jour à Ali Youssef :

— Dis-moi, toi l'expert en la matière, j'ai devant moi un célibat éternel, que faire de mes pulsions sexuelles ?

Il éclata de rire, alors que nous nous promenions dans le jardin public d'Al-Azbakeyya :

— Essaie à nouveau.

— Je ne supporte ni les professionnelles ni l'alcool !

— Il ne te reste plus qu'Oumm Abdo !

— Oumm Abdo ? m'écriai-je, ahuri.

— Elle a été élevée chez vous. Et puis elle est soumise et elle a de beaux restes. Pourquoi pas ?

— Mais elle a dix ans de plus que moi…
— Je ne te propose pas de l'épouser, maître !

Il n'y a pas au monde deux endroits aussi pourris et en même temps aussi habités par les fantasmes que le vieil immeuble de la rue Abou Khôda et le café Al-Nagâh de la place Al-Gueich. Que reste-t-il à un retraité solitaire ? Si je disposais de beaucoup d'argent, j'entreprendrais un voyage touristique dans tout le pays, d'est en ouest et du nord au sud. Si soudain un parent au Brésil me couvrait d'or, je partirais en Orient et en Occident, dépensant sans compter, et j'épouserais une belle jeune femme, sans me soucier des lendemains. Qu'ils sont doux les rêves et qu'ils sont cruels ! Malak, alors que tu demeures à quelques pas de chez moi, je ne te fais pas le moindre signe. Nous sommes les héritiers des mêmes souvenirs et la proie d'une même vieillesse. Mon cœur me dit que tu es toujours une femme !

Hamâda al-Tartouchi m'annonce joyeusement :
— Mon fils a été promu directeur général.
Je le félicite :
— Le café et le sandwich à tes frais ce soir !
Il répond, catégorique :
— J'offre uniquement le café !
— As-tu toujours des rapports sexuels avec ta femme ?
— C'est une question indélicate.
— Je t'en demande pardon, mais elle me préoccupe.
Il dit, laconique :
— Quand je le veux.
Puis il enchaîne :
— La force n'est pas toujours accompagnée de désir…

Enfin, compatissant :

— Comment le mariage t'est-il passé sous le nez ? Je n'ai jamais connu quelqu'un brûlant de se marier autant que toi...

— J'étais responsable de ma famille jusqu'à l'année dernière. Chaque fois que le salaire augmentait d'un cran, le coût de la vie augmentait de deux crans...

— Ah ! quel dommage ! Et Oumm Abdo est partie trop tôt !

— Plutôt trop tard ! Après qu'elle se fut transformée en homme !

— Enfin, c'est ton destin ! Qu'est-ce qui t'empêche de rencontrer Malak ?

Ali Youssef m'observait, cherchant à savoir. Je savais de quoi il voulait parler, mais je faisais mine de l'ignorer, jusqu'à ce qu'il me demande, alors que nous étions assis au vieux café Al-Inchirâh, à la place duquel on trouve, aujourd'hui, un magasin de meubles :

— Quelles sont les nouvelles d'Oumm Abdo ?

— Une étrange aventure, mais elle a été couronnée de succès..., dis-je en riant.

— Comment cela ? demanda-t-il tout émoustillé.

— Que dire ? Nous avons vécu longtemps sous le même toit. Je la connaissais depuis toujours ; elle faisait partie des meubles. Notre relation est devenue mutuellement plus respectueuse quand j'ai succédé à mon père. Peut-être a-t-elle été étonnée quand elle a perçu un changement dans mon regard et dans mes paroles. Il n'y a que les débiles pour ne pas comprendre la signification de ces choses-là ! C'est une brave femme, mais, Dieu merci, elle n'est pas débile ! Quand j'ai tendu la main, elle a reculé, stupéfaite, sa respiration s'est accélérée, trahissant son trouble. Maintenant, tout se passe très bien, mais avec la plus grande prudence.

— Tu as peur du scandale ?

— Evidemment !

— Elles t'ont privé du mariage, veulent-elles te condamner à mort aussi ?

— C'est surtout par bienséance et pudeur, en ce qui me concerne…

— Soit ! Tes nerfs sont-ils apaisés ?

— Oui.

— Tu me dois une fière chandelle !

— Quel généreux proxénète !

Oui, il est vrai que j'étais apaisé, mais mon sentiment d'écœurement, de stérilité et de futilité redoubla d'intensité. Je me demandais si nous n'étions pas en droit d'envier les nations qui étaient empêtrées dans la guerre. Nous avions pris l'habitude d'entendre parler d'horreurs, d'entendre siffler les sirènes d'alarme et de voir les soldats alliés. Les revirements de la fortune et la défaite des puissants nous avaient stupéfiés. Je rencontrais Ali Youssef deux fois par jour : une fois au café Al-Inchirâh, et une autre, dans l'abri souterrain, juste avant le lever du jour. Un soir, il me dit :

— Je veux connaître franchement ton opinion sur un problème important.

Je lui répondis, sans soupçonner ce qu'il allait me dire :

— De quoi s'agit-il ?

Quelque peu gêné, il me demanda :

— Quelles sont maintenant tes relations avec Malak ?

Surpris, je me tus un instant, puis je répondis franchement :

— Nous n'avons plus aucune relation.

— Je ne te parle pas des relations formelles, mais de tes sentiments.

— Le passé est totalement oublié.

— Serais-tu triste d'apprendre un jour qu'elle se marie ?

— Je lui souhaiterais tout le bonheur et peut-être que son mariage ferait enfin disparaître en moi les résidus du sentiment de culpabilité...

— Une autre question...

Je lui répondis, en souriant :

— Je t'en prie, vas-y !

— Que dirais-tu si je te demandais de m'accorder la permission de l'épouser ?

— Je serais le premier à t'en féliciter.

— Je te demande d'être franc pour que ni l'un ni l'autre n'ayons à le regretter plus tard !

— J'ai parlé avec franchise !

J'étais sincère. Je n'éprouvais ni amour ni jalousie, mais un sentiment de frustration et de désespoir, encore plus fort qu'auparavant, m'écrasait la poitrine.

Le jour où je racontai cette situation à Hamâda al-Tartouchi, il me dit :

— Etais-tu réellement guéri de l'amour de Malak ?

— Certainement.

— L'aurais-tu prise pour épouse si les circonstances l'avaient permis ?

— Bien sûr, mais parce qu'elle en était digne.

— Donc, elle était toujours la femme que tu préférais ?

— J'aurais pu aussi en choisir une autre !

Il plissa les yeux et dit :

— Tu m'as dit qu'il habitait le même immeuble qu'elle ?

— Oui.

Il continua malicieusement :

— Il l'a toujours aimée, par le Dieu de la Kaaba !

— Cela m'a aussi traversé l'esprit.

— C'est un renard !

Je pris sa défense avec véhémence :

— Il ne m'a jamais trahi et il est resté, jusqu'au dernier jour de sa vie, mon meilleur ami.

— Ont-ils réussi leur mariage ?

— Jamais mariage n'a été plus réussi !

Ils ont eu deux garçons intelligents, mais, comme leur père, ils se sont jetés à corps perdu dans l'activisme politique. Cependant, contrairement au père, ils ont adhéré aux Frères musulmans et ont été obligés d'émigrer en Arabie Saoudite où ils se sont mariés et installés de manière définitive. Je crois que Malak mène une vie aisée, grâce à eux...

— Depuis quand est-elle veuve ?

— Depuis à peu près dix ans. Mon ami est mort d'un cancer, dans la force de l'âge. Il est resté, jusqu'au dernier jour de sa vie, noble et généreux.

Ma famille reçut la nouvelle du mariage de Malak avec consternation et un sentiment accru de culpabilité. La maison devint encore plus morose. Je fus le témoin de mon ami et je présentai mes vœux à Malak, comme si de rien n'était. Je m'étonnai de la duplicité des sentiments et de leur futilité, des illusions de l'enfance et des rêves de la jeunesse, de la trivialité de la réalité, de son goût amer. Quoi qu'il en soit, Ali Youssef était une excellente personne, ses revenus en tant qu'avocat étaient dix fois supérieurs à mes revenus de fonctionnaire. Il a assuré à Malak une vie aisée, élevé ses deux fils le mieux possible et pu s'enorgueillir de leur réussite. Bien sûr, il était opposé à leur activisme politique, non seulement parce qu'il allait à l'encontre de ses sympathies wafdistes, mais surtout parce qu'il représentait une menace pour leur sécurité. Peut-être fut-il heureux de les voir émigrer en Arabie Saoudite, mais, très vite, il languit de les revoir, surtout qu'il débordait d'amour paternel. Je n'oublierai jamais son bref combat contre le cancer de la vessie, ni les souffrances des derniers jours, ni sa mort qui laissa à jamais un grand vide dans mon cœur.

En ces temps-là, je n'avais d'autres consolations que mon avancement dans le ministère et ma relation secrète avec Oumm Abdo. J'acceptais la réalité incarnée par trois femmes aux nerfs tendus, se complaisant dans la rancœur, comme si elles étaient le symbole vivant de notre époque de plus en plus difficile à cause de la cherté de la vie.

Après la révolution, la santé de ma mère déclina, et l'état psychique de ma sœur Zeinab se dégrada. De nouvelles dépenses survinrent pour les soins et les médicaments. Je m'habituai au célibat, mais mes vieux espoirs de mariage et de paternité m'obsédaient. Je ne cessais de me demander avec angoisse quand je pourrais enfin sortir de cette grotte remplie d'ordures. J'étais peut-être à la fois attristé et heureux de voir les trois femmes anticiper mes désirs et me procurer le bien-être. Mais ce bien-être pourri n'était pas celui auquel j'aspirais. Elles m'enchaînaient alors que le temps s'échappait, railleur.

Oumm Abdo fut la première à mourir. Quant à ma mère, Fekreyya et Zeinab, elles ne partirent que l'année précédant ma retraite. Ma mère devança les deux autres ; elle était au faîte de la vieillesse. Fekreyya la suivit quelques mois plus tard à l'âge de soixante-dix ans, puis Zeinab à l'âge de soixante-huit ans. Chaque enterrement me coûta une petite fortune, si bien que je fus obligé de m'endetter. Je me retrouvai seul, à l'âge de soixante ans, dans un monde devenu fou, où les choses n'avaient plus les mêmes valeurs, et où le citron coûtait désormais dix piastres. Hamâda al-Tartouchi me sermonna :

— Je ne te permettrai pas de céder au désespoir. Si tu trouves que ton logement est répugnant, des milliers de gens qui habitent le cimetière te l'envieraient. De plus, il ne tient qu'à toi de travailler dans une société d'investissement, et d'augmenter ainsi tes revenus. Et puis, il y a une dame, seule comme toi, pourquoi ne lui rends-tu pas visite ?

Et il ajouta, en riant :

— Tu jouis d'une excellente santé, Dieu en soit loué, et tes considérations sur la sexualité sont un bon augure…

Un soir, je lui dis :

— J'ai décidé de relever le défi et de tenter l'aventure.

Le vieil homme me félicita pour mon courage. Le lendemain, je consacrai presque toute la journée à me préparer pour la soirée. Je me fis couper les cheveux, je me rasai la barbe, livrai mon corps longuement à la douche, revêtis le plus beau pantalon et la plus belle chemise que j'avais et j'attendis la tombée de la nuit, pour en être couvert. Puis je traversai la rue principale vers le côté est. Je pensai à Ali Youssef et je me dis qu'il ne m'avait pas trahi, mais que moi non plus, je ne le trahissais pas. Je me dis aussi que c'était une honte d'être troublé à mon âge. Je restai immobile devant la porte de l'appartement du troisième étage, dans l'obscurité totale. J'appuyai sur la sonnette. Puis j'entendis des pas approcher. Elle ouvrit le judas et la voix d'autrefois demanda :

— Qui est là ?

Elle éclaira le palier de la porte et mon visage lui apparut. Elle n'en crut pas ses yeux et s'écria :

— Toi ?

Elle ouvrit la porte. Je vis clairement son désarroi. Elle m'indiqua une pièce à droite de l'entrée et murmura :

— Entre, je t'en prie !

Elle s'en alla et je restai seul, debout. La chaleur était étouffante. J'ouvris la fenêtre donnant sur la rue. C'était le même vieux salon, mais avec de nouveaux meubles. Allais-je regretter ma démarche ? Peut-être était-elle en train de se changer, de quitter ses vêtements d'intérieur. Je ne l'avais pas vue de près, depuis longtemps, longtemps. J'entendis à nouveau le bruit de ses pas. Elle revint avec un fichu blanc sur la tête, vêtue d'une robe d'été, cependant décente, couleur bleu ciel, qui ne laissait voir que ses avant-bras et ses mollets. Elle me demanda tout en restant debout :

— Veux-tu un café ? J'ai aussi du jus d'orange.

— Ne te dérange pas.

Son visage était plus replet qu'autrefois, mais il était toujours ferme et on n'y voyait aucune ride. La gravité avait remplacé la fraîcheur de la jeunesse. Mais c'était un visage agréable. Je me demandai si ses cheveux avaient blanchi. Son corps était plus enveloppé, mais il était loin d'être corpulent. Il était excitant sous sa robe, oui, par Dieu, excitant ! Mes fantasmes sexuels roulèrent sur moi comme une cascade. Ah ! si seulement je pouvais la prendre dans mes bras, et si nous pouvions fondre l'un dans l'autre comme dans le passé ! Mais méfie-toi, tu ne sais rien de ce qui l'agite au fond d'elle-même. Peut-être est-elle maintenant installée et bien établie dans son rôle de mère honorable. Maîtrise-toi et évite l'erreur.

Elle revint, chargée d'un petit plateau en argent, sur lequel il y avait une bouteille ; elle le posa sur la table en bois incrustée de nacre et déplaça celle-ci devant moi. Je lui dis :

— Je t'ai dérangée. Assieds-toi et repose-toi !

Elle s'assit dans un fauteuil, face à moi. A cet instant, je remarquai, au-dessus d'elle, la photo de mariage accrochée au mur, entourée de deux autres photos. La première était celle d'Ali Youssef et la seconde, de ses deux fils, en costume arabe. Ma tâche devint encore plus difficile.

— Bienvenue ! Tu t'es enfin souvenu des tiens ! dit-elle.

Et moi, comme pour m'excuser :

— C'est la vie, comme tu le sais. Cependant, je me suis dit qu'il était absurde d'habiter le même quartier et de vivre comme des étrangers !

— Tu es le bienvenu. Est-ce que tu travailles toujours au ministère ?

— Je suis à la retraite depuis quelques jours, ou même depuis quelques heures !

— Dieu te donne longue vie. As-tu quelqu'un pour te servir ?

— Je vis entre mes vieux murs, dis-je en riant.

— Moi aussi, si ce n'était une brave femme, adroite et honnête, qui vient m'aider une fois par semaine.

— J'ai l'impression que tu ne quittes jamais la maison ?

— Je ne sors que de temps en temps et seulement en cas de force majeure.

— La solitude est cruelle. Il me reste le café et un seul ami. Mais elle est très cruelle.

— J'ai la télévision et une ou deux voisines, répondit-elle avec résignation.

— Cela ne suffit pas.

— C'est mieux que rien !

— Et comment vont tes fils ?

— Bien. Ils se sont établis là-bas pour toujours. J'ai maintenant des petits-enfants. En tout cas, c'est mon destin.

Elle dit cela avec une tristesse évidente. Je lui demandai :

— As-tu été les voir ?

— Une seule fois. J'ai accompli la *'omra*.

— Dieu te bénisse, *hagga* ! dis-je, un peu refroidi.

— Je te le souhaite aussi.

Puis elle ajouta :

— Si tu te décides un jour, tu trouveras mes fils là-bas, pour te recevoir.

— Tout est selon la volonté de Dieu. Comment te portes-tu ?

— Et toi ?

— Le mieux possible, grâce à Dieu.

— Moi aussi, mais j'ai fait mettre un dentier.

— C'est important pour la santé.

— Je demande à Dieu une fin honorable.

— La vie est encore longue devant toi, si Dieu le permet. Mais je suis heureux de t'avoir vue ! dis-je avec ardeur.

— Moi aussi, quoique j'aurais souhaité que tu ne sois pas seul.

— Toi aussi tu es seule !

Elle rectifia, aimablement :

— Je veux dire que tu aurais dû avoir une femme et des enfants.

— C'est ma part du destin, dis-je avec regret.

Nous nous tûmes, peut-être pour reprendre notre souffle. Je vidai le reste de la bouteille ; j'étais en nage. Je m'étais imaginé que j'allais foncer droit au but, sans difficulté, que j'allais me précipiter à ses côtés, brûlant des désirs de toute une vie, et que, et que... Et voilà que l'entretien transpirait le sérieux et la politesse. La dame était vertueuse et n'admettait pas la moindre étincelle de frivolité. Ces portraits qui nous regardaient participaient à l'entretien, repoussaient tout élan. Je me demandai à quoi elle pensait. S'était-elle rappelé une seule image du passé ? Maîtrisait-elle ses pensées comme elle maîtrisait sa conduite ? J'aurais tant voulu qu'elle me jette un regard bref mais chargé de souvenirs, de caresse, de pudeur furtive, ou encore l'ombre d'un sourire plein de sous-entendus. Mais je ne voyais qu'un regard grave, le regard d'une proche qui rencontre un proche à l'âge de la vieillesse. Malak était-elle finie ? En tout cas, je ne quitterais pas la maison les mains vides et je ne permettrais pas à la lâcheté de me faire porter le poids du remords le restant de ma vie. Je me jetai à l'eau :

— Est-ce que cela te gêne que je te rende visite, de temps à autre, pour atténuer notre solitude ?

Elle répondit calmement :

— Tu es le bienvenu.

Puis, avec hésitation :

— Cependant…

Je compris ce qu'elle sous-entendait :

— Nous sommes des proches, et la vie que nous avons derrière nous chassera les on-dit.

Elle se réfugia dans le silence. J'ajoutai, désespéré :

— Donc tu n'acceptes pas mes visites !

Elle s'empressa de répondre :

— Je n'ai pas dit cela.

— Peut-être conseilles-tu que l'on fasse preuve de retenue ?

— Il convient d'y penser.

— Je voudrais connaître ton opinion en toute franchise.

— Si j'avais eu une autre opinion, je t'en aurais fait part franchement.

Je dis avec ardeur :

— J'ai un grand besoin de te rendre visite. Ma solitude m'est insupportable et je n'ai personne, à part toi, comme tu le sais. J'ai longtemps pensé à cela…

Peut-être esquissa-t-elle un sourire. Cependant elle rougit et murmura :

— Je le sais et j'en ai fait l'expérience.

Je continuai avec plus de courage :

— Ainsi, nous en avons tous les deux besoin !

Elle rit mais préféra garder le silence. Je sentis que nous nous étions transportés d'une époque à une autre :

— La solitude est amère, la vie est amère. J'aspire à quelque chose de nouveau. Tu as acheté de nouveaux meubles…

— Mon appartement est totalement remis à neuf. Le regretté m'a laissé pas mal d'argent.

Wahid m'a offert une nouvelle chambre à coucher et Bakr un salon. Moi, je me suis offert la salle à manger.

— Et la cherté de la vie ?

— La pension ne suffit pas, mais Wahid et Bakr me donnent ce dont j'ai besoin. Et toi, comment te débrouilles-tu ?

— Je suis toujours inquiet. Personne ne se préoccupe des retraités. Cependant je pense commencer une nouvelle vie !

— Maintenant que tu es retraité ?

— Je me porte toujours bien, je connais à la perfection la langue anglaise et j'ai de l'expérience dans l'administration. Je vais tenter ma chance dans une société d'investissement…

— Leurs salaires sont très élevés.

— Ainsi que mon espoir.

— C'est une bonne idée.

— Je suis ravi que tu m'y encourages…

Le silence à nouveau. Je pensai qu'il était convenable que je termine là ma visite. Je lui dis :

— Il est temps que je m'en aille.

Comme les convenances l'exigeaient, elle me pria de rester un peu plus, par politesse, mais je me levai et tendis la main pour la saluer.

Je me promenai dans la chaleur de l'été, en espérant que souffle une petite brise. Si les fantasmes ne s'étaient pas réalisés, ils ne s'étaient pas volatilisés non plus. Je m'en allai vers le café Al-Nagâh, le cœur léger. Quand Hamâda al-Tartouchi me vit arriver, ses traits s'illuminèrent et il dit :

— Tu as retrouvé ta jeunesse. Je ne t'ai jamais vu comme aujourd'hui.

Je me mis à lui raconter ce qui s'était passé entre elle et moi, en y trouvant un bonheur nouveau. Il fit ce commentaire :

— Je suis optimiste, et toi ?

Je réfléchis un moment, puis lui dis :

— A cinquante pour cent.

— Non, plus que cela.

— Vraiment ?

— Elle aurait pu faire en sorte que ce soit la première et la dernière visite…

— Il n'y a aucun doute…

— Je ne pense pas qu'elle n'ait pas compris le but de ta visite…

— Je le souhaite…

— Crois-en mon expérience. Je connais mieux les femmes que toi. Mais l'as-tu trouvée convenable ?

Je répondis avec ardeur :

— Je puis t'assurer qu'elle est toujours séduisante…

Il dit en riant :

— Par précaution, ne sois pas trop optimiste. L'apparence, à son âge, ne veut rien dire. Le corps peut sembler allèchant, dissimulé sous la robe, mais une fois dénudé, des crevasses et des creux apparaissent comme dans les rues ces derniers temps. C'est pour cela que je te conseille, si tu arrives à tes fins, de faire l'amour dans le noir !

Je ne pus m'empêcher de rire longuement, puis je lui dis :

— L'important, avant tout, est que j'arrive à mes fins…

De retour chez moi, la morosité m'étouffa. Ma haine de l'appartement décupla et je souhaitai qu'il brûlât. Le désir de changement devint une force irrésistible à laquelle on ne pouvait s'opposer. Les jours suivants, le plaisir que j'éprouvais au café ou devant la télévision faiblit. La visite était le seul espoir qui me restait. La réitérer une semaine plus tard, c'était trop tôt, mais l'ajourner d'un mois m'était insupportable. Disons dans deux semaines. Entre-temps, j'appris que la société General Electric offrait un emploi dans une de ses succursales qui projetait de construire une station d'épuration d'eau. Le projet devait être réalisé en trois ans seulement, mais le salaire était de quatre cents livres égyptiennes, plus les frais de déplacement. Je me présentai à l'examen. Une jeune femme obtint le poste, mais le directeur m'en proposa un autre dans les relations publiques, avec un salaire de trois cents livres. J'acceptai avec joie. Avec ce revenu, je ne pourrais pas m'installer dans un nouveau quartier, mais j'allais certainement mieux manger et me vêtir. J'attendis deux semaines, puis je me rendis, en cachette, à mon rendez-vous, chez ma bien-aimée. Ma patience était à bout, mon désir s'était attisé, enflammé, et ma résolution restait ferme. Je me convainquis que le vieil homme que j'étais n'avait pas le droit de bredouiller comme un enfant ou d'être intimidé comme un adolescent. Quand elle m'ouvrit le salon, je souhaitai qu'elle me reçût dans la salle de séjour, cherchant davantage d'intimité, mais je voulais surtout échapper aux portraits. Je lui dis, sincère :

— Ma vie, grâce à toi, est devenue enviable.

— N'exagère pas ! dit-elle en souriant.

Je répondis, avec satisfaction :

— Je fais partie de la société General Electric…

— Félicitations.

Je lui parlai du salaire et de tout le reste, puis lui dis :

— Je peux maintenant atteindre mon objectif…

Elle semblait ne pas comprendre ce que je voulais dire :

— Si tu désires un nouvel appartement, je doute fort que tu atteignes ton objectif.

— Mon objectif est plus important que l'appartement, lui dis-je avec audace.

— Vraiment ?

— Je pense sérieusement au mariage…

Il me sembla qu'elle cacha avec habileté sa surprise et murmura :

— Le mariage !

— Je suis en excellente santé…

Elle sourit, décontenancée :

— Que Dieu te donne la force et la santé…

— J'aurais aimé connaître ton opinion.

— Et pourquoi pas ? D'autres comme toi, même plus âgés, se marient…

— C'est ce que je me suis dit.

— Laisse-moi te chercher une femme convenable, me dit-elle, enjouée.

— Qu'est-ce qu'une femme convenable ?

— Peut-être une femme raisonnable, qui n'a pas moins de quarante ans.

— Dans ce cas, elle serait veuve ou divorcée.

— Et pourquoi pas ?

— Elle aurait des petits-enfants, peut-être en maternelle.

— Il faut accepter la réalité telle qu'elle se présente…

Je fixai mon regard sur ses yeux inquiets :

— Je sais qui je veux et je n'ai pas besoin de chercher.

Elle demanda, prise au piège :

— Que veux-tu dire ?

Je dis avec humilité et soumission :

— Malak, tu es la femme que je veux.

Elle baissa les yeux et fronça les sourcils sans souffler mot. Je reposai ma question :

— Qu'en penses-tu ?

— C'est pour cela que tu es revenu ?

— Oui.

— Quel scandale !

— Scandale ?

— Je ne sais que dire.

— C'est une demande sérieuse, qui n'a rien de scandaleux.

Elle dit d'une voix tremblante :

— Le mariage ne peut pas me venir à l'esprit.

— Mais laisse-le te venir à l'esprit ! C'était notre vœu le plus cher…

Elle répondit, extrêmement gênée :

— C'est le passé révolu et oublié.

J'insistai avec ardeur :

— Ce passé, je le vis maintenant de toutes mes forces.

— Tu ne réalises pas le sens de tes paroles. La solitude a eu raison de ta sagesse. Le rêve ne va aboutir à rien.

— Je sais ce que je veux.

Elle répliqua, très émue :

— Non, je ne permettrai pas un scandale…

— Pourquoi répètes-tu ce mot infâme ?

— C'est la vérité. Tu oublies que je suis mère et grand-mère.

Je répondis avec humilité :

— La surprise ne dure qu'une heure, puis l'être humain cherche refuge dans le bonheur…

Elle baissa tristement les yeux et murmura :

— Ne me prive pas de la quiétude du cœur…

Il me sembla qu'elle redevenait femme durant la discussion, qu'elle n'était plus seulement mère et grand-mère. Je me levai et me rapprochai d'elle comme autrefois. Mais elle bondit et s'échappa en s'écriant :

— Ne me touche pas !

C'était comme une gifle. Je restai figé quelques instants, extrêmement ébranlé et désespéré. Puis je me levai en bredouillant :

— Dieu te protège...

Je n'allai pas au café, je ne retournai pas à la maison. Je marchai longtemps, sans but. Je me reposai un moment dans les cafés des faubourgs. A l'aube, je retournai à mon tombeau. Le lendemain, sur le chemin habituel du café Al-Nagâh, je levai les yeux vers le balcon de son appartement. Soudain, je la vis debout, sur le seuil du balcon ; il me sembla qu'elle regardait vers moi. Par courtoisie, j'inclinai la tête pour la saluer. Elle me fit un signe de la main, en retour. Mon cœur se mit à battre et je restai cloué sur place. Que voulait-elle me dire ? Elle ouvrit les volets de sa fenêtre, recula légèrement puis, à nouveau, me fit un signe de la main et disparut. J'interprétai le signe selon mes désirs, traversai la rue vers l'immeuble, transporté de joie. Je ne me souciai pas, cette fois, d'attendre la nuit.

TABLE

BABEL

Extrait du catalogue

283. ADRIEN DE GERLACHE DE GOMERY
Quinze mois dans l'Antarctique

284. MICHEL TREMBLAY
Des nouvelles d'Edouard

285. FRANZ KAFKA
La Métamorphose et autres récits (vol. I)

286. JEAN-MICHEL RIBES
Monologues, bilogues, trilogues

287. JACQUES LEENHARDT / ROBERT PICHT
Au jardin des malentendus

288. GEORGES-OLIVIER CHÂTEAUREYNAUD
Le Kiosque et le tilleul

289. JACQUES DE VITRY
Vie de Marie d'Oignies

290. ELISABETH K. PORETSKI
Les Nôtres

291. ÉDOUARD AL-KHARRAT
Alexandrie, terre de safran

292. THOMAS HOBBES
De la nature humaine

293. MIKHAÏL BOULGAKOV
Ecrits autobiographiques

294. RUSSELL BANKS
De beaux lendemains

295. RENÉ GOSCINNY
Tous les visiteurs à terre

313. HELLA S. HAASSE
Les Routes de l'imaginaire

314. JEAN-CLAUDE GRUMBERG
Dreyfus… / L'Atelier / Zone libre

315. DENIS DIDEROT
Pensées philosophiques

316. LUIS MARTIN-SANTOS
Les Demeures du silence

317. HUBERT NYSSEN
La Femme du botaniste

318. JEAN-FRANÇOIS VILAR
Bastille tango

319. SÉBASTIEN LAPAQUE
Les Barricades mystérieuses

320. ALAIN GHEERBRANT
La Transversale

321. THIERRY JONQUET
Du passé faisons table rase

322. CLAUDE PUJADE-RENAUD
La Nuit la neige

323. *
Mai 68 à l'usage des moins de vingt ans

324. FITZ-JAMES O'BRIEN
Qu'était-ce ?

325. ÉLISÉE RECLUS
Histoire d'une montagne

326. *
Dame Merveille et autres contes d'Egypte

327. ROMAN DE BAÏBARS / 1
Les Enfances de Baïbars

328. ROMAN DE BAÏBARS / 2
Fleur des Truands

329. ROMAN DE BAÏBARS / 3
Les Bas-Fonds du Caire

330. ROMAN DE BAÏBARS / 4
La Chevauchée des fils d'Ismaïl

331. JACQUES POULIN
Volkswagen Blues

332. MIRABEAU
Lettres écrites du donjon de Vincennes

333. CHEVALIER DE BOUFFLERS
Lettres d'Afrique à Mme de Sabran

334. FRANÇOISE MORVAN
Vie et mœurs des lutins bretons

335. FRÉDÉRIC VITOUX
Il me semble désormais que Roger est en Italie

336. JEAN-PIERRE NAUGRETTE
Le Crime étrange de Mr Hyde

337. NADAR
Quand j'étais photographe

338. NANCY HUSTON
Histoire d'Omaya

339. GÉRARD DE CORTANZE
Giuliana

340. GÉRARD GUÉGAN
Technicolor

341. CHARLES BERTIN
La Petite Dame en son jardin de Bruges

342. INTERNATIONALE DE L'IMAGINAIRE N° 9
Deux millénaires et après

343. NINA BERBEROVA
Le Livre du bonheur

344. PÄLDÈN GYATSO
Le Feu sous la neige

345. FÉDOR DOSTOÏEVSKI
Le Double

346. FRÉDÉRIC H. FAJARDIE
Querelleur

347. ANNE SECRET
La Mort à Lubeck

348. RUSSELL BANKS
Trailerpark

349. ZOÉ VALDÉS
La Sous-Développée

350. TORGNY LINDGREN
La Lumière

351. YÔKO OGAWA
La Piscine / Les Abeilles / La Grossesse

352. FRANZ KAFKA
A la colonie disciplinaire et autres récits (vol. II)

353. YING CHEN
Les Lettres chinoises

354. ÉLISE TURCOTTE
Le Bruit des choses vivantes

355. ALBERTO MANGUEL
Dernières nouvelles d'une terre abandonnée

356. MIKA ETCHEBÉHÈRE
Ma guerre d'Espagne à moi

357. *
Les Cyniques grecs : Lettres de Diogène et Cratès

358. BERNARD MANDEVILLE
Recherche sur la nature de la société

359. RENCONTRES D'AVERROÈS
La Méditerranée entre la raison et la foi

360. MICHEL VINAVER
King *suivi de* Les Huissiers

361. ZOÉ VALDÉS
La Douleur du dollar

362. HENRY BAUCHAU
Antigone

363. NANCY HUSTON
Tombeau de Romain Gary

364. THÉODORE MONOD
Terre et ciel

365. FÉDOR DOSTOÏEVSKI
Les Carnets de la maison morte

366. FREDERIC PROKOSCH
Le Manège d'ombres

367. MICHÈLE LESBRE
Que la nuit demeure

368. LEIBNIZ
Réfutation inédite de Spinoza

369. MICHEL TREMBLAY
Le Premier Quartier de la lune

370. JACQUES POULIN
Jimmy

371. DON DELILLO
Bruit de fond

372. GUSTAV REGLER
Le Glaive et le Fourreau

373. INTERNATIONALE DE L'IMAGINAIRE N° 10
Nous et les autres

374. NAGUIB MAHFOUZ
Récits de notre quartier

375. FRANCIS ZAMPONI
Mon colonel

376. THIERRY JONQUET
Comedia

377. GUY DARDEL
Un traître chez les totos

378. HANAN EL-CHEIKH
Histoire de Zahra

379. PAUL AUSTER
Le Diable par la queue *suivi de* Pourquoi écrire ?

380. SIRI HUSTVEDT
L'Envoûtement de Lily Dahl

381. SAND ET MUSSET
Le Roman de Venise

382. CHARLES BERTIN
Les Jardins du désert

383. GEORGES-OLIVIER CHÂTEAUREYNAUD
Le Héros blessé au bras

384. HENRY BAUCHAU
Les Vallées du bonheur profond

385. YVES DELANGE
Fabre, l'homme qui aimait les insectes

386. YING CHEN
L'Ingratitude

387. INTERNATIONALE DE L'IMAGINAIRE N° 11
Les Musiques du monde en question

388. NANCY HUSTON
Trois fois septembre

389. CLAUDE PUJADE-RENAUD
Un si joli petit livre

390. JEAN-PAUL GOUX
Les Jardins de Morgante

391. THÉODORE MONOD
L'Emeraude des Garamantes

392. COLLECTIF
Triomphe de Dionysos

393. B. TRAVEN
Dans l'Etat le plus libre du monde

394. NORBERT ROULAND
Les Lauriers de cendre

395. JEAN-MICHEL RIBES
Palace

396. ZOÉ VALDÉS
Café Nostalgia

397. FRANÇOISE MORVAN
La Douce Vie des fées des eaux

398. BERNARD ASSINIWI
La Saga des Béothuks

399. MICHEL TREMBLAY
Les Vues animées

400. FÉDOR DOSTOÏEVSKI
Le Rêve de l'oncle

401. ANDRÉ THIRION
Révolutionnaires sans Révolution

402. GÉRARD DE CORTANZE
Les enfants s'ennuient le dimanche

403. RENCONTRES D'AVERROÈS
La Méditerranée, frontières et passages

404. RUSSELL BANKS
Affliction

405. HERBJØRG WASSMO
La Véranda aveugle

406. DENIS LACHAUD
J'apprends l'allemand

407. FÉDOR DOSTOÏEVSKI
Nétotchka Nezvanova

408. REZVANI
Le Vol du feu

409. JEAN-JACQUES ROUSSEAU
L'Etat de guerre

410. SERGE QUADRUPPANI
Colchiques dans les prés

411. JEAN-PAUL JODY
Stringer

412. FRANCINE NOËL
Nous avons tous découvert l'Amérique

413. DAVID HOMEL
Il pleut des rats

414. JACQUES POULIN
Chat sauvage

415. MICHEL TREMBLAY
La Nuit des princes charmants

416. ALBERTO MANGUEL
Une histoire de la lecture

417. DANIEL ZIMMERMANN
Les Virginités

418. CAMILO CASTELO BRANCO
Amour de perdition

419. NIKOLAJ FROBENIUS
Le Valet de Sade

420. DON DELILLO
Americana

421. GÉRARD DELTEIL
Dernier tango à Buenos Aires

422. FRANCIS ZAMPONI
In nomine patris

423. INTERNATIONALE DE L'IMAGINAIRE N° 12
Jean Duvignaud

424. INTERNATIONALE DE L'IMAGINAIRE N° 13
Jeux de dieux, jeux de rois

425. CLAUDE PUJADE-RENAUD
Le Sas de l'absence *précédé de* La Ventriloque

426. MICHEL LIS
Le Jardin sur la table

427. MICHEL LIS ET PAUL VINCENT
La Cuisine des bois et des champs

428. FÉDOR DOSTOÏEVSKI
Le Crocodile

429. FÉDOR DOSTOÏEVSKI
Le Petit Héros

430. FÉDOR DOSTOÏEVSKI
Un cœur faible

431. NANCY HUSTON
L'Empreinte de l'ange

432. HELLA S. HAASSE
La Source cachée

433. HERBJØRG WASSMO
La Chambre silencieuse

434. FRANÇOISE LEFÈVRE
La Grosse

435. HUBERT NYSSEN
Le Nom de l'arbre

436. ANTON TCHEKHOV
Ivanov

437. ANTON TCHEKHOV
Les Petites Pièces

438. GÉRARD DE CORTANZE
Les Vice-Rois

439. ALICE FERNEY
Grâce et dénuement

440. ANNE-MARIE GARAT
L'Insomniaque

441. FÉDOR DOSTOÏEVSKI
Humiliés et offensés

442. YÔKO OGAWA
L'Annulaire

443. MENYHÉRT LAKATOS
Couleur de fumée

444. ROGER PANNEQUIN
Ami si tu tombes

445. NICOLE VRAY
Monsieur Monod

446. MICHEL VINAVER
Ecritures dramatiques

447. JEAN-CLAUDE GRUMBERG
La nuit tous les chats sont gris

448. VASLAV NIJINSKI
Cahiers

449. PER OLOV ENQUIST
L'Extradition des Baltes

450. ODILE GODARD
La Cuisine d'amour

451. MARTINE BARTOLOMEI / JACQUES KERMOAL
La Mafia se met à table

452. AMADOU HAMPÂTÉ BÂ
Sur les traces d'Amkoullel l'enfant peul

453. HANS-PETER MARTIN / HARALD SCHUMANN
Le Piège de la mondialisation

454. JOSIANE BALASKO *et alii*
Le père Noël est une ordure

455. FÉDOR DOSTOÏEVSKI
Premières miniatures

456. FÉDOR DOSTOÏEVSKI
Dernières miniatures

457. CH'OE YUN
Là-bas, sans bruit, tombe un pétale

458. REINALDO ARENAS
Avant la nuit

459. W. G. SEBALD
Les Emigrants

460. PAUL AUSTER
Tombouctou

461. DON DELILLO
Libra

462. ANNE BRAGANCE
Clichy sur Pacifique

COÉDITION ACTES SUD – LEMÉAC

Ouvrage réalisé
par les Ateliers graphiques Actes Sud.
Achevé d'imprimer
en janvier 2001
par Bussière Camedan Imprimeries
à Saint-Amand-Montrond (Cher)
sur papier des
Papeteries de Jeand'heurs
pour le compte
d'ACTES SUD
Le Méjan
Place Nina-Berberova
13200 Arles.

N° d'éditeur : 4035
Dépôt légal
1re édition : février 2001
N° impr. : 010077/1